Mischa Mangel

DIE VERGEGENWÄRTIGUNG

Roman

Literaturverlag Droschl

Not me, not now.

STEVE CHAPLIN: THE PSYCHOLOGY OF TIME AND DEATH

hatte an seinem Grab das Gefühl ich müsse ihn ausgraben

Friederike Mayröcker: Requiem für Ernst Jandl

VI.9 Zusammenfassung

Ein zentrales Thema bei der Kontemplation eines verwesenden Leichnams ist es, keinen Zweifel an der Vergänglichkeit des Körpers zu lassen, sich klarzumachen, dass der Tod unausweichlich ist. Genau genommen könnte er sogar in diesem Moment eintreten.

Anālayo: Satipaṭṭhāna aus der Perspektive des frühen Buddhismus

dann sagte die Standesbeamtin, ein Kuss ist das i-Tüpfelchen auf der Trauung, und jetzt darf der Bräutigam punkten, und der Bräutigam, dachte ich, das bin ich, und ich dachte, bis der Tod uns scheidet, und ich dachte, ich will mit dir leben, und ich dachte, vielleicht ist dies mein letzter Atemzug, und ich dachte, ich will mit dir leben, bis ich sterbe, und ich dachte, auf jeden Fall einen Atemzug näher am Tod

und als wir uns das erste Mal küssten, küsste nicht ich dich, nein, du küsstest mich, so plötzlich, ich hatte nicht damit gerechnet, wir lagen auf deiner Couch, du an mich gelehnt, spätabends, im Fernseher das Auswahlmenü einer DVD, die wir angestellt, aber nicht angesehen hatten, zu müde, in Endlosschleife die Titelmusik, wir lagen schweigend auf deiner Couch, ich streichelte über deinen Arm, Unterarm, Oberarm, Oberarm, Unterarm, streichelte über den Stoff deines Pullovers, rot war er, glaube ich, vielleicht bordeauxrot, und ich dachte, vielleicht werden wir uns gleich küssen, vielleicht ist es ok, wenn ich dich küsse, dachte ich, gleich, aber noch nicht sofort, noch etwas warten, und da nahmst du auf einmal deine Brille ab, legtest sie auf den Tisch neben dir, auf den hellen Holztisch, der jetzt in unserer Küche steht und an dem wir uns, wenn wir beide von zu Hause arbeiten, zum Mittagessen treffen, du und ich, und du drehtest dich um, drehtest dich zu mir, nahmst mein Gesicht in deine Hände, küsstest mich, und dann küssten wir uns, nahmen uns in den Arm, und dein Herz schlug so schnell, wie Flügelschlagen, wie ein Kolibri, dachte ich, und fast hatte ich Angst, es könnte zerspringen

vielleicht ist dies dein letzter Atemzug

auf jeden Fall einen Atemzug näher am Tod

aber was diejenigen unter euch betrifft, sagt Buddha, in der ersten Lehrrede über die Achtsamkeit auf den Tod sagt er das, Paṭhamamaraṇassati-Sutta, er sagt, aber was diejenigen unter euch betrifft, die die Achtsamkeit auf den Tod entwickeln, indem sie wünschen, noch so lange zu leben, wie es dauert, nach dem Einatmen auszuatmen oder nach dem Ausatmen einzuatmen, die nennt man Mönche und Nonnen, die beflissen leben

dann wollte ich dich küssen, im Standesamt Schöneberg-Tempelhof

das erste Zeichen deines Todes sind die Totenflecke, die sich an deinem Leichnam bilden

sie bilden sich innen, etwa in deiner Leber, deinen Lungenflügeln, oder außen, frische Blutansammlungen, kleine, hellrötliche Flecke

Abbildung 1, zonale Gliederung der Totenflecke mit teilweise livider, teilweise rötlicher Farbe bei Lagerung des Leichnams in der Kühlkammer

jetzt, nach vier Wochen, fährt D mich zum Bahnhof in Kempten, Abreisetag, ich war für einen Meditationsretreat in der Metta Vihara, dem einzigen buddhistischen Kloster Deutschlands

D, Mitte dreißig, lebt seit etwa einem Jahr dort, meditiert dort, arbeitet dort, als eine Art Klostermanagerin, sie habe, erzählt D und biegt an der Ampel ab, fährt auf den Bahnhofsparkplatz, nach ihrem Abschluss erst eine längere Zeit in Asien verbracht, zum Meditieren, habe bei verschiedenen Lehrern gelernt, sei schließlich nach Deutschland zurückgekommen, habe dann, bis sie ins Kloster gezogen sei, nur ganz einfache Jobs angenommen, annehmen wollen, sie fährt in die Parklücke, nichts, wo sie zu viel habe nachdenken müssen, auf gar keinen Fall geistige Arbeit

sie habe zum Beispiel geputzt, sagt D, stellt den Motor ab und sieht mich an, ich sitze rechts neben ihr, auf dem Beifahrersitz, sie habe mit dem Lappen stundenlang wie wild über die Böden irgendwelcher Wohnungen geschrubbt und dabei die ganze Zeit JETZT JETZT JETZT gedacht, JETZT JETZT JETZT dann wollte ich dich küssen, im Standesamt Schöneberg-Tempelhof, und ich dachte, gleich werde ich mich zu dir beugen, und ich dachte, gleich werde ich dein Gesicht in meine Hände nehmen

jetzt gehen wir spazieren, ein Moor in der Nähe meiner Heimatstadt, es ist Weihnachten, wir besuchen meine Eltern, und wir gehen über die Holzbohlen, die in das Moor gelegt sind, leichter Schneeregen, Nachmittag, Wind, Kälte, und du hast deine Kapuze so über deine Mütze gezogen, jetzt, und du stehst so vor mir, jetzt, den Kopf leicht nach links geneigt, jetzt, dass du ein wenig aussiehst, denke ich, wie ein Hai, ein kleiner, stehender Hai, die Hände in den Handschuhen wie kleine Flossen, links und rechts

und weil du gerade so aussiehst, weil du gerade so aussiehst wie ein kleiner, stehender Hai, kommt mir der Gedanke, wieder, und ich sage, weißt du, so, wie du da stehst, mit deiner Kapuze und den Handschuhen, siehst du aus wie ein Hai, und du sagst, na ja, dann können wir ja auch heiraten, und ich sage, dass wir ja immer mal wieder darüber geredet hätten, aber jetzt, wo du so aussähst wie ein Hai, ja, da sollten wir es doch machen, irgendwann, bald

die Entstehung von Totenflecken lässt sich wie folgt beschreiben

nach deinem Tod sackt das Blut deines Leichnams nach unten, »unten« ist dabei relativ

es kommt auf die Haltung deines Körpers im Moment des Sterbens und in der Zeit danach an, darauf, zum Beispiel, wie du liegst

liegst du auf dem Rücken, wenn du stirbst, und bleibst du auf dem Rücken liegen, dann fließt dein Blut der Schwerkraft folgend in den Rücken, den Nacken und in die seitlichen Halspartien

falls du in einer anderen Körperhaltung stirbst, verteilt sich das Blut entsprechend

bei erhängten Menschen senkt es sich in Hände und Beine

1985

der Neuntöter
(Lanius collurio)
ist Vogel des Jahres

die
Son
ne

dann wollte ich dich küssen, im Standesamt Schöneberg-Tempelhof, und ich dachte, gleich werde ich mich zu dir beugen, dein Gesicht in meine Hände nehmen, und ich dachte, gleich werde ich dich küssen, gleich, das war der Impuls, den ich in meinem Körper spürte, die Bewegung, die sich vorbereitete, im Gehirn, den Nerven, motorisches Zentrum, Gliedmaßen, Muskeln, wie eine Katze vorm Sprung, sagt J immer, bevor wir mit der Gehmeditation beginnen, achtet darauf, wie sich die Bewegung in eurem Körper vorbereitet, versucht, das mitzubekommen

aber da nahmst du schon mein Gesicht in deine Hände, küsstest mich, alle klatschten, deine Eltern, meine Eltern, meine Großmutter, meine Schwester, der älteste meiner Brüder, seine Freundin, der mittlere meiner Brüder, seine Freundin, der jüngste meiner Brüder, seine Freundin, mein Patenonkel, deine Trauzeugin, ihr Mann, ihr gemeinsamer Sohn, mein Trauzeuge, seine Frau, ihre gemeinsame Tochter, alle klatschten, sie waren alle da

sie waren alle da

jetzt sagt Bhante Pasanna, Buddha habe davon gesprochen, dass die meisten Menschen drei Täuschungen unterlägen, der Täuschung, nicht alt zu werden, der Täuschung, nicht krank zu werden, der Täuschung, nicht zu sterben

wir befinden uns in jenem Raum der Metta Vihara, der für die Zusammenkünfte der Klostergemeinschaft und die Beratungsgespräche mit den anwesenden Laienpraktizierenden vorgesehen ist, und der mir das sagt, Bhante Pasanna, sitzt auf einem Stuhl, mir gegenüber, Rattan, zwei Sitzpolster, weiß, zwischen uns ein Beistelltisch, zwei Tassen, eine Teekanne aus geschwärztem Metall

Bhante Pasanna trägt eine dunkelbraune Robe, der Kopf kahl geschoren, Wangen und Hals frisch rasiert, der Blick freundlich, wach, die Stimme mit leichtem bairischen Dialekt, er ist Mitte vierzig, werde ich später lesen, elf Jahre älter als ich, und hinter ihm erstreckt sich eine Fensterfront über die Wand, dahinter der Klostergarten, der Teich, die Wiesen, die Kutis, Bungalows aus Holz, in denen Nonnen, Mönche, Meditierende wohnen können, am Horizont Berge, Wolken, das Kloster liegt auf etwa tausend Metern Höhe, im Allgäu

als es während meiner Zeit dort einmal regnet, dauert es Tage, bis die Wolken den Weg über die Gipfel schaffen, Regen, Regen, ohne Pause fast

aber an diesem Vormittag flutet das Licht den Raum, den Raum, in dem wir uns jeden Tag zusammenfinden, gegen Mittag, um vor dem Essen buddhistische Mantren zu chanten und Segen zu sprechen, meist auf Deutsch, manchmal auf Pāḷi, die drei Mönche sitzen dazu auf ihren Meditationskissen vor der rechten Wand, neben der großen, lächelnden Buddha-Statue, der Rest der Klostergemeinschaft sitzt ebenfalls, auf Meditationskissen oder Stühlen, im ganzen Raum verteilt, aber jetzt sitzen hier nur Bhante Pasanna und ich, ich habe mich für eine Beratung bei ihm eingetragen, wir haben etwa eine Viertelstunde, Bhante Pasanna möchte wissen, wie es mit dem Meditieren läuft, wie er mir helfen kann, ich bleibe nicht mehr lange hier, hier in der Metta Vihara, nur noch einige Tage, gestern, Montag, ist die letzte Woche angebrochen, Samstag ist Abreisetag, die letzte Woche Sitzmeditation, Gehmeditation, Arbeitsmeditation, Anhören buddhistischer Vorträge, Beratung durch die Mönche, um fünf aufstehen, duschen, erst die Zähne, dann die Duschkabine putzen, das Waschbecken, dann Yoga, zwanzig Minuten, eine halbe Stunde, dann, sechs Uhr, die erste gemeinsame Meditation, eine Dreiviertelstunde, ein Gong schallt durch das ganze Kloster, das früher ein Wirtshaus war, das Signal, dass wir alle in die Meditationshalle kommen sollen, dass wir uns hinsetzen, die Augen schließen, auf unseren Atem, unsere Körperempfindungen, Gefühle, innere und äußere Geräusche, innere Bilder, kurzum die Aktivitäten unseres Geistes achten sollen, dann Frühstücksvorbereitung, dann, halb acht, Frühstück, dann eigenständiges Meditieren auf dem Zimmer, draußen oder in der Meditationshalle, bis zum Mittagessen, 12 Uhr, das zugleich die letzte Mahlzeit des Tages ist, um 15 Uhr dann noch mal gemeinsames Meditieren in der Meditationshalle, und noch mal um 20 Uhr, ansonsten eigenständige Praxis im edlen Schweigen, geredet werden darf nur bei den Beratungen oder wenn es sich bei der Arbeitsmeditation nicht vermeiden lässt, ich bin zum Frühstückmachen eingeteilt und manchmal muss ich fragen, wo etwas ist oder hinsoll, die Teebeutel zum Beispiel oder die Teller

im Gespräch kommen Bhante Pasanna und ich irgendwann darauf, dass ich es immer wieder mit der Sterblichkeitskontemplation versuche, um meinen Geist zu energetisieren, mich zu motivieren, nicht abzuschweifen, wegzudriften in Vergangenheit und Zukunft, Sorgen oder Fantasien, was habe ich in jenem Moment getan, was werde ich in jenem anderen Moment tun, aus buddhistischer Sicht ein vollkommen fruchtloses Unterfangen, denn es geht darum zu meditieren, die ganze Zeit, den eigenen Geist im Hier und Jetzt zu halten, die ganze Zeit

wir können nicht in der Zukunft leben, nicht in der Vergangenheit, das sagen sie alle, alle Lehrenden, eine andere Zeit als die Gegenwart haben wir nicht

und darum geht es, denke ich, darum geht es vor allem, es geht darum, gegenwärtig zu sein und im gegenwärtigen Moment den eigenen Geist zu kultivieren, zum Guten, Heilsamen, es geht darum, all das, was wir angesammelt haben an Gedanken, Worten und Taten und was unser Verhalten Moment für Moment prägt, all die Angst, Unsicherheit, Wut, Zerstreutheit, Obsession etc., worauf immer sie sich jeweils richten mögen, was immer sie uns denken, sagen und tun lassen mögen, es geht darum, all diese Konditionierungen nicht die ganze Zeit zu wiederholen und damit weiter zu verstärken, den eigenen Geist, den Strom der Erfahrung gewissermaßen umzulenken, damit er durch andere, schönere Gegenden fließen kann, Gegenden wie sati, Achtsamkeit, oder Gegenden wie die brahmaviharas, die vier himmlischen Verweilzustände, mettā, liebende Güte, karuṇā, Mitgefühl, muditā, Mitfreude, uppekkha, Gleichmut, Gelassenheit es geht also um den eigenen Geist, um das eigene Erleben, das eigene Leben, wie lebe ich, wie nehme ich die Welt und mich wahr, mit welchem Geist, und wie kann ich mich so meinem Geist zuwenden, mich so um meinen Geist kümmern, dass ich ein gutes Leben führen kann, in dem ich der Welt und den anderen möglichst wenig schade, der Welt und den anderen möglichst viel helfe, es geht also um alles, die ganze Zeit, das ganze Leben

und es kann auch gar nicht anders sein, denn jeder Moment konditioniert den nächsten mit, bin ich unsicher, konditioniere ich Unsicherheit, bin ich wütend, konditioniere ich Wut, bin ich ängstlich, konditioniere ich Angst, bin ich freundlich, konditioniere ich Freundlichkeit, bin ich mitfühlend, konditioniere ich Mitgefühl, bin ich gelassen, konditioniere ich Gelassenheit usw., wenn man will, kann man das auch alles physiologisch erklären, neuronale Plastizität etc., menschliche Gehirne als Systeme, die prinzipiell ununterbrochen, jeden Moment neu, weiter lernen können, können, aber nicht müssen, wenn ich mich immer gleich verhalte, wenn ich die ausgetretenen Pfade nicht hilfreicher Gedanken immer weiter austrete, ändert sich nichts

es gibt in diesem Sinn keinen Moment, in dem wir nicht meditieren, besser, praktizieren, uns konditionieren, und weil das so ist, ist es so wichtig, wach zu sein, mitzubekommen, was läuft, was der eigene Geist macht und wie ich damit umgehen kann, und eines der wichtigsten Mittel, um die eigene Präsenz zu schärfen, eine der vier schutzbringenden Meditationen, ist die Achtsamkeit auf den Tod, maraṇasati, jene buddhistische Form der Sterblichkeitskontemplation, die allen Praktizierenden so deutlich wie nur möglich vor Augen führen soll, wie begrenzt, wie unbekannt begrenzt und damit kostbar die Zeit ist, die uns zur Verfügung steht

und wie hilflos pathetisch das klingt, denke ich, und wie wenig es mir gestattet ist, das zu sagen, denke ich, es geht mir doch gut, ich habe doch nichts, im Gegenteil, ich habe doch alles, alles, alles

und doch, zum Beispiel so, ich sitze mit dir am Tisch, Silvester, Raclette, neben uns, hinter dem Fenster, erster Stock, eine Wiese, dann ein Steg, dann der Bodden, wir haben uns nach dem weihnachtlichen Familientrubel für ein paar Tage eine Ferienwohnung an der Ostsee gemietet, und während ich überlege, was ich als Nächstes essen könnte, überkommt mich für einige Sekunden die blanke Angst, Todesangst, das eingefleischte Wissen, dass es zu Ende gehen wird mit diesen Händen, Armen, Beinen usw., dass dieser Körper, eines Tages, wenn nicht verbrannt, dann verrotten wird, erst das Fleisch, dann die Knochen, es ist, als säße ein riesiger, tausendfach verästelter Kristall in meinem Brustkorb, und die Zacken stechen mich, tief, oben, unten, vorne, hinten, rechts, links

ich habe keine Ahnung, woher das auf einmal kommt, dieser Schock, nur einige Sekunden lang, dann ist alles wieder wie sonst, dann beschäftige ich mich wieder damit, womit ich mein Raclette-Pfännchen befüllen könnte, die unglaubliche Absurdität, ja Lächerlichkeit dieses Nebeneinanders geht dabei vollkommen an mir vorbei, das merke ich erst später, im einen Moment Todesangst, im nächsten der Wunsch, mein Raclette-Pfännchen möglichst wohlschmeckend anzurichten, Mini-Maiskölbchen oder doch lieber Oliven? Tomatenscheiben oder Gewürzgürkchen? Zwiebeln ja oder nein? vielleicht noch Paprika dazu? und welcher Käse eigentlich? mit Rinde oder ohne? vielleicht ist dies mein letzter Atemzug, auf jeden Fall einen Atemzug näher am Tod

und jetzt sage ich es doch, ich sage, ich will mein Leben, so wie Buddha es in den beiden Maraṇasati-Suttas, diesen beiden Lehrreden, beschreibt, im Lichte des Todes sehen, jeden Tag, jede Minute, jede Sekunde am besten, es gehe darum, sagt Buddha, sich zu vergegenwärtigen, dass der nächste Bissen Essen, dass der nächste Atemzug der letzte sein könnte, das ist die intellektuell leicht zu fassende, im Nacheinander der Tage und Aktivitäten aber kaum begreifbare Grundunsicherheit des Lebens, jedenfalls dann, wenn man, wie ich, einigermaßen gesund ist und ungefährdet, und trotzdem, prinzipiell könnte ich jetzt, hier und jetzt, tot umfallen, so wie der Mann, von dem du mir erzählt hast, der Mann aus deinem Dorf, der noch eben schnell etwas bei der Versicherung abgibt, dann zu seinem Auto zurückgeht und auf dem Weg zu seinem Auto plötzlich hinschlägt, tot, und so wie die Frau, in deren Nacken sich unbemerkt ein Aneurysma gebildet hat, das beim Einkaufen platzt, und die, im Alter von zweiunddreißig Jahren, ins Koma fällt und nicht mehr aufwacht

aber irgendwie, sage ich zu Bhante Pasanna, funktioniere es nicht so recht, mein Geist verliere schnell das Interesse, denke an anderes, und selbst wenn ich mich längere Zeit bei der Übung halten kann, werde es irgendwann schal, mit meiner inneren Stimme beim Einatmen »der Tod« und beim Ausatmen »ist sicher« zu sprechen, ja, sagt Bhante Pasanna, oftmals glaube der Geist nicht daran, dass der Körper sterblich sei, man müsse ihn gewissermaßen überzeugen, ansonsten könne man sich genauso gut immer wieder »Nudelsalat« vorsagen, der Effekt sei der gleiche, ihm helfe es, sagt Bhante Pasanna, und ich könne das ja mal ausprobieren, sich immer wieder an Menschen zu erinnern, die bereits gestorben sind, das könnten Menschen sein, die er persönlich gekannt habe, es könnten aber auch Menschen sein, von denen er nur gehört oder gelesen, die er nur im Fernsehen gesehen habe, Politiker zum Beispiel, und ich muss daran denken, dass ich in der Bibliothek des Klosters Guido Westerwelles Buch *Zwischen zwei Leben* gesehen habe, das er kurz vor seinem Krebstod mit Mitte fünfzig geschrieben hat, es sei so, sagt Bhante Pasanna, als würde man einen Beweis nach dem anderen vorlegen, so lange, bis der Geist die Sterblichkeit des Körpers nicht mehr leugnen könne

und dann sagt Bhante Pasanna, ich weiß nicht mehr, wie wir dahin gekommen sind, aber irgendwann sagt er, mit einem Lächeln im Gesicht und ruhiger Stimme, aber dass du sterblich bist, ist dein Problem

dann lacht er, ein freundliches Lachen, das wahrscheinlich den Schrecken etwas abschwächen soll, ich lache auch, nicke und nehme seine Worte als Auftrag an, als eine an mich gerichtete Aufgabe, und als ich nach dem Gespräch weiter meditiere und dabei an jene Menschen denke, die ich gekannt habe und die bereits gestorben sind, meine Großmutter, mein Großvater, eine alte Freundin, viele andere, spüre ich manchmal einen Stich in der Brust, ein feines Ziehen, und gleichzeitig bin ich auf einmal wach, ganz wach und ganz still und ganz da deine Eltern, meine Eltern, meine Großmutter, meine Schwester, der älteste meiner Brüder, seine Freundin, der mittlere meiner Brüder, seine Freundin, der jüngste meiner Brüder, seine Freundin, mein Patenonkel, deine Trauzeugin, ihr Mann, ihr gemeinsamer Sohn, mein Trauzeuge, seine Frau, ihre gemeinsame Tochter

sie waren alle da

mein Großvater war nicht da

mein Großvater, Vater meiner Mutter, der in Russland sein Leben begann, in einer deutschen Enklave, wo genau, weiß ich nicht mehr, man hat es mir nur einmal erzählt, kurz

irgendwann floh er von dort, Zweiter Weltkrieg, geriet dann in deutsche Kriegsgefangenschaft, überstand diese unversehrt, äußerlich zumindest, er konnte ja Deutsch, sagt man, deswegen habe er überlebt, sei er nach Deutschland gekommen, wo er sich ein neues Leben aufbaute, als Lehrer im Ruhrgebiet, jahrzehntelang

mein Großvater, der meist ein weißes Hemd trug, Hosenträger, beige Hose, die Haare schütter, sauber gekämmt, der mir den Rand von der mit Butter und Honig bestrichenen Scheibe Brot abschnitt, Graubrot, damit ich es besser essen konnte, während wir, wenn ich zu Besuch war, fernsahen, *Star Trek* oder Western, John Wayne, Bud Spencer usw., oder irgendwelche Quizshows, *Dalli Dalli*, *Glücksrad*, und neben dem Fernseher das Fenster zum Balkon, Beton, zweiter Stock, dahinter die Straße, und auf der anderen Seite ein Weg, der zu einem kleinen Platz voller Garagen führt

mein Großvater schenkte mir ein Kinderbuch, ich habe es nie gelesen, aber irgendwo auf dem Dachboden im Haus meiner Eltern könnte es noch liegen, *Kaukasische Märchen*, das Cover zeigt die Zeichnung eines Reiters, und der Reiter reckt einen Säbel in die Höhe, mehr weiß ich nicht mehr, als ich das Buch im Internet suche, kann ich es nicht finden, genauso wie ich den Dolch nicht mehr finde, den mein Großvater aus Russland mitbrachte und mir schenkte, kupferfarbene Scheide, in deren Mitte das Imitat eines Edelsteins glänzte, die Klinge oben nach rechts hin abgeschrägt und so stumpf, dass fraglich ist, ob sie überhaupt einmal scharf war, vielleicht ein Spielzeug, denke ich jetzt, aber als mein Großvater mir den Dolch schenkte, war ich überzeugt, es müsse einmal ein echter Dolch gewesen sein, und darum bewahrte ich ihn unter meinen Dingen auf wie einen Schatz, bis ich irgendwann das Interesse an ihm verlor

mein Großvater, der, dreiundachtzig Jahre alt, eines Abends zu Bett ging und am nächsten Morgen nicht mehr aufwachte, ich war zwölf Jahre alt

überschreitet der Druck auf deinen toten Körper eine bestimmte Schwelle, zum Beispiel, wenn du, nachdem du gestorben bist, enge Kleidung trägst oder im Bett liegst, sodass Gesäß und Schulterblätter gegen die Matratze pressen, dann drängt dies das nach unten gesackte Blut lokal zurück, an deiner Leiche entstehen entsprechende Aussparungen

Abbildung 2, Totenflecke nach Bauchlage mit Aussparung der aufliegenden Nasenspitze

Abbildung 3, schmetterlingsförmige Aussparung der blauvioletten Totenflecke an den Aufliegestellen bei Rückenlage des Leichnams, zusätzlich Aussparung im Bereich des Hosenbundes

Abbildung 4, Totenfleckverteilung korrespondierend zur Lage des angehobenen Leichnams mit streifigen Aussparungen entsprechend dem Faltenwurf des Sofabezuges

sabbasattā bhavantu sukhitattā, chanten wir, die wir uns in der Meditationshalle der Metta Vihara zusammengefunden haben, vielleicht zehn, zwölf Menschen, sabbasattā bhavantu sukhitattā, dass doch alle Wesen glücklich wären

kräftig oder zart, lang oder groß, mittel, klein, winzig oder rundlich, sichtbar oder unsichtbar, fern oder nah, ob sie geboren sind oder geboren werden müssen

jetzt hebt Buddha zu sprechen an, in der Fiktion der Lehrreden, ‚bhikkhavo'ti, sagt er, Mönche und Nonnen, und die Mönche und Nonnen antworten, ‚bhadante'ti te bhikkhū bhagavato paccassosuṁ, ehrwürdiger Herr

wie Buddha wirklich gesprochen hat, wissen wir nicht, die Lehrreden wurden erst mehrere Hundert Jahre nach seinem Tod schriftlich aufgezeichnet, in Pāḷi, einer Literatur- und Sakralsprache, die der Sprache des historischen Buddha nah verwandt ist, die er aber nicht verwendet hat

Wiederholungen über Wiederholungen, Listen über Listen, die drei Daseinsmerkmale, die vier edlen Wahrheiten, die fünf Aggregate, die sechs Sinnestore, die sieben Erwachensfaktoren, der achtfache Pfad, die zehn heilsamen, die zehn unheilsamen Handlungen, die zwölf Glieder bedingten Entstehens etc., stock phrases, Satzketten, die in mehreren Lehrreden, »Suttas« auf Pāḷi, wortgleich vorkommen, Rezitation in Gruppen, und wenn einer der Rezitierenden einen Fehler machte, fiel dies durch die abweichende, korrekte Rezitation der anderen auf, all das, um die Lehrreden, die zunächst mündlich überliefert wurden, besser memorieren zu können, insgesamt eine überaus wirksame Form der Tradierung, und natürlich schlichen sich auch Fehler ein, Lücken, aber das meiste scheint erhalten geblieben zu sein, über 2500 Jahre nach Buddhas Tod

ein Bund fürs Leben, hatte mein Vater gesagt, vor Monaten, und wie schön das sei, wie sehr er sich freue, vor Monaten hatte er das gesagt, am Telefon, und jetzt ist es so weit, dachte ich, und wie lange wir schon zusammen seien, hatte er gefragt, zehn Jahre, sagte ich, zehn Jahre, ja, dann könnt ihr ja auch heiraten, sagte mein Vater, und genau so hatte es auch eine Frau beim Meditieren gesagt, genau so hatte es eine Frau aus dem Kreis der Menschen gesagt, die ich einmal in der Woche, wenn mich nicht etwas anderes abhält, beim Meditieren in der Kirche treffe, beim Meditieren in der Kirche mit J und W, die mir das Meditieren überhaupt erst beigebracht haben, die mich überhaupt erst zum Meditieren, zum Buddhismus gebracht haben, vor bald zehn Jahren, und als ich dort, in der Kirche, in kleiner Runde, es geht gleich los, vor ein paar Wochen von der bevorstehenden Hochzeit erzählte, da sagte sie dasselbe wie mein Vater vor ein paar Monaten, zehn Jahre, zehn Jahre, ja, da könnt ihr ja auch heiraten, sagte sie, ja, sagte ich, und dass mein Vater dasselbe gesagt habe, ja, der ist dann ja wahrscheinlich auch in meinem Alter, ich könnte ja deine Mutter sein, sagte sie, und darauf sagte ich nichts

und jetzt ist es so weit, dachte ich, und ich bin beseelt, so beseelt, wie ich es nie gedacht hätte, ich hätte nie gedacht, dass es so schön sein würde, ich dachte, ja, natürlich, wir heiraten, natürlich heiraten wir, aber die Zeremonie, das ist ja wahrscheinlich eher etwas, was wir hinter uns bringen müssen, hatte ich gedacht, das gehört halt dazu, das gehört dazu, aber im Grunde genommen lässt es mich kalt, hatte ich gedacht, und ich habe mich geirrt, vollkommen geirrt, diese Kraft, die es hat, dass wir beide hier sind, uns geküsst haben, vor all den anderen, dass sie alle da sind, sie sind alle da, mit uns, diese Kraft, so beseelt, dachte ich, so ganz und gar beseelt, so beseelt war ich noch nie jetzt entscheidest du dich, fasst du den Gedanken, ich war nicht dabei, mit mir nach Frankreich zu kommen, nach Marseille, für etwa ein Jahr, wir waren noch kaum zusammen, und du bist mit mir gekommen, bist nicht in der Kleinstadt, in der wir studiert haben, geblieben, wir sind da kaum ein halbes Jahr zusammen, und du bist direkt mit mir gekommen, in die Stadt, in das Land, in das ich für das Ende meines Studiums ziehe, in dem du deine Abschlussarbeit schreibst, Herbst 2012, und Herbst in Marseille bedeutet, dass es noch so warm ist, auch das Meer ist es noch, dass man, wenn man will, jederzeit schwimmen gehen kann, an einem der Stadtstrände oder in einer der von Felsen umgegebenen Buchten an den Ausläufern der Stadt, den Calanques, wo das Wasser so klar ist, lichtdurchbrochen, helle Kiesel am Grund, und die Sonne, immer wenn wir dort sind und fast jeden Tag, die Sonne hoch am wolkenlosen Himmel

dein Vater sagt, wenn man es auf so wenig Raum miteinander aushält, dann muss es passen, wir leben in einer winzigen Wohnung, ein Raum, das Wohnzimmer, plus Mezzanin, eine Art Zwischengeschoss, unser Schlafzimmer, wenige Quadratmeter unterhalb der Decke, auf dem eine Matratze liegt, unser Bett, wenn wir etwas Privatsphäre brauchen, teilen wir den Raum in unten und oben

und jetzt sagst du, mit zusammengekniffenen Augen, beinahe flüsternd, du sagst, wenn du das machst, dann ist Schluss

du liegst im Schlafanzug im Bett, ich bin gerade dabei, die Leiter hinabzusteigen, von dem Mezzanin ins Wohnzimmer, aus der

Wohnung in die Stadt, wir haben uns gestritten, streiten uns, wie wir uns noch nie gestritten haben, und ich sage nichts, nehme, eine nach der anderen, die Sprossen der Leiter, schließe die Tür, laufe zum Unigelände, direkt neben dem Bahnhof, suche und finde einen leeren Seminarraum, abgenutzte Tische und Stühle, schwarz gesprenkelte Steinfliesen, die Fenster offen, es ist heiß, strahlend blauer Himmel, Verkehrslärm, manchmal Schritte auf dem Flur, ich klappe den Laptop auf und skype mit B, er beruhigt mich, das werde, sagt er, schon alles wieder, und er sagt, du habest es sicher nicht so gemeint

etwa zwei Stunden später

trete ich durch das geöffnete vergitterte Tor, verlasse das Unigelände, gehe nach Hause, den einen Berg runter, vorbei an Bäckereien, Brasserien, bar-tabacs, Buchläden, Zeitungsständen, die Straßen sind voll, überfüllt mit Autos und Menschen, Hupen, Schreien, Schritte, der Geruch von Benzin, Abfällen oder warmen Baguettes, den anderen Berg wieder rauf, dann wieder runter, durch ein paar Gassen, die sandsteinfarbenen Fassaden der Häuser, die überfüllten Mülltonnen am Rand, hier ist es ruhiger, die Vordertür geöffnet, durch einen langen Gang zu unserer Wohnung, daneben das Grundstück unseres Vermieters, ich öffne die Tür, du bist da, immer noch, wir reden, reden, und dann nehmen wir uns in den Arm

irgendwann in dieser Zeit,

2013, stoße ich auf eine Zeitschrift, in der ich einen Artikel über Achtsamkeit und Meditation lese, es geht unter anderem darum, dass man sich besser fokussieren kann, wenn man regelmäßig meditiert, ich beschließe, dass ich das brauche, ich will mich besser konzentrieren können, also leihe ich mir Meditationsbücher aus, lese mich ein, und dann sitze ich für einige Wochen jeden Morgen im Schneidersitz auf den Fliesen des Wohnzimmers, unter mir eine hellgrüne Stoffdecke, über mir schläfst du noch, nicht mehr lange, nur, bis ich fertig bin und zu dir komme, die Leiter zum Mezzanin hochsteige, um noch ein wenig zusammen mit dir im Bett zu liegen, was immer eine der besten Zeiten des Tages ist, diese Minuten, in denen wir noch kurz beisammen sind, warm und nah, bevor alles losgeht, aber erst einmal blicke ich zwanzig Minuten lang in das Flackern einer Kerze

dann, nach einigen Wochen, habe ich keine Lust mehr zu meditieren, was soll das, denke ich, die ganze Zeit eine Kerze anstarren, das ist mir zu blöd, denke ich, ruhiger werde ich dadurch jedenfalls nicht

dann verlassen wir die winzige Wohnung, fahren zum Bahnhof, fast ein Jahr ist vergangen, wir ziehen nach Hannover, nicht ohne uns noch mit unserem ehemaligen Vermieter über ein kaputtes Tischbein zu zerstreiten

weil dein Leichnam den Restsauerstoff in deinem Blut nach und nach endgültig verbraucht, gehen die Totenflecke schließlich von hellrötlicher Färbung ins Blauviolette über (Sauerstoffzehrung), außerdem fließen sie zusammen (Konfluktion)

es bilden sich größere Areale von Totenflecken, welche die betreffenden Stellen deiner Leiche vollständig bedecken können, etwa die Beinrückseiten oder Nacken und Schultern

Abbildung 5, konfluierte Totenflecke an der Körperrückseite mit Aussparung über den Aufliegeflächen (Schulterblätter, Gesäß, Fersen) und in Hautfalten

Abbildung 6, Totenflecke mit Abdruckmuster u. a. eines Büstenhalters

nehmen wir an, ein Mönch sähe eine Leiche, weggeworfen auf ein Leichenfeld, sagt Buddha, denn vor über 2500 Jahren gab es in Indien die Praxis, tote Menschen an freier Luft, auf sogenannten Leichenfeldern verwesen zu lassen, und so kommt es, dass Buddha sagt, nehmen wir an, ein Mönch sähe eine Leiche, weggeworfen auf ein Leichenfeld, er würde sie mit seinem eigenen Körper vergleichen

in dem Satipaṭṭhāna-Sutta sagt er das, der vielleicht wichtigsten Lehrrede des gesamten Pāḷi-Kanons, jener Lehrrede, die beschreibt, wie man sati, Achtsamkeit, üben soll, ununterbrochen nämlich, im Gehen, Stehen, Sitzen, Liegen, und ein besonders wirksames Hilfsmittel, um sati zu entwickeln, ist die Kontemplation der eigenen Sterblichkeit, und so wiederholt Buddha nach jedem der neun in der Lehrrede beschriebenen Stadien menschlicher Verwesung, 'ayampi kho kāyo evaṁdhammo evaṁbhāvī evaṁanatīto'ti, auch dieser Körper ist von derselben Art, so wird er sein, er ist von diesem Schicksal nicht ausgenommen

vielleicht ist dies dein letzter Atemzug

jetzt werde ich geboren, vierzehnter November 1985

Bochum, St. Elisabeth-Hospital, 11:48 Uhr

circa zwölf Stunden nachdem du gestorben bist, ist die maximale Ausdehnung der Totenflecke abgeschlossen

dann küssten wir uns noch mal, und noch mal, umarmten wir uns noch mal, und noch mal, hier, im Trauzimmer des Standesamts Schöneberg-Tempelhof, im Oktober 2022, alle klatschten, alle, sie waren alle da

dann ließen wir los, setzten uns wieder hin

das zweite Zeichen deines Todes ist die Totenstarre, rigor mortis

Totenstarre heißt, dein Körper wird nach und nach so steif, dass man die Gelenke auch mit großer Kraft nicht mehr bewegen kann

Abbildung 7, entgegen der Schwerkraft durch Totenstarre fixierte Unterschenkel

es beginnt meist zwei bis vier Stunden, nachdem du gestorben bist

dein Körper könnte aber auch schon nach einer Stunde anfangen, starr zu werden, oder nach sieben Stunden

Umgebungstemperatur, Körpergewicht, Ernährungszustand, Auslastung der Muskeln vor dem Tod

es kommt darauf an

Leichen von Menschen, die während oder kurz nach intensiver körperlicher Aktivität gestorben sind, erstarren schneller

jetzt erzählst du mir, dass der Freund eines Freundes nach dem Sport plötzlich umgekippt und gestorben ist, Ende dreißig

auf jeden Fall einen Atemzug näher am Tod

jetzt, nach der Arbeit, suche ich im Internet nach Meditationsmöglichkeiten in Berlin, Ende 2013 ist das, Dezember, ich will es doch noch einmal versuchen, diesmal ohne Kerze, stattdessen mit persönlicher Anleitung, mit anderen Menschen, nicht allein

wir sind vor fünf Monaten von Hannover nach Berlin gezogen, du machst eine Ausbildung in einer der bekanntesten Buchhandlungen der Stadt, jener Buchhandlung, die bald Konkurs anmelden wird, dem Chef geht es schlecht, manchmal taucht er einfach nicht auf, dann bist du für alles allein verantwortlich, den ganzen Tag, die Kolleginnen wurden gekündigt oder wollen nicht mehr, viele von ihnen sind kurze Zeit, nachdem du dort angefangen hast, Freundinnen von dir geworden, sind es noch immer, ich arbeite auf Honorarbasis in einer Lektoratsagentur und wühle mich durch studentische Hausarbeiten, Abschlussarbeiten, Abschlussberichte, Genre-Romane und populäre Sachbücher mit Titeln wie »Happy End. Die stillen Örtchen dieser Welt« oder »Die Magie der Eulen. Auf Eulensuche in Europa«

einmal, der wahrscheinlich seltsamste Auftrag während meiner Zeit in der Lektoratsagentur, korrigiere ich die Konstruktionsdokumente einer Straßenbahn, Schrauben, Muttern, Zentimeter, Millimeter, mein Chef macht den zweiten Durchgang, Kontrolle, Vier-Augen-Prinzip, und er, der morgens als Erster da ist, wird bis spätabends, zehn, elf Uhr, an den Konstruktionsdokumenten sitzen, bevor er sie abgibt, über ein Online-Formular oder per Mail, er ist da etwas über vierzig, ich bin achtundzwanzig Jahre alt, und ich suche, an diesem Abend, nach Meditationsmöglichkeiten, die mir seriös vorkommen, und damit meine ich weltanschaulich neutral, auf keinen Fall mit religiösem

Pomp und Schnickschnack, sondern down to earth, und wie durch ein Wunder stoße ich irgendwann auf die Website von J und W, eine Homepage in schmucklosen Grau- und Weißtönen, wie genau ich die Website finde, ist mir heute, als ich die Suche wiederhole, vollkommen unklar, denn eine Suche auf google der Art »Meditation lernen Berlin« führt mich im Juni 2023 auf den ersten zehn Seiten zu allem Möglichen, jedenfalls aber nicht zu J und W, bei denen ich schließlich wirklich meditieren lerne, sie Psychotherapeutin, er Pfarrer, und zusammen haben sie vor über vierzig Jahren meditieren gelernt, auf einer Asienreise, und schon kurz nach ihrer Rückkehr haben sie begonnen, offene Meditationsabende anzubieten, in der Kirche in Berlin-Friedrichshain, wo W bis zu seiner Pension den Gottesdienst hielt

auf ihrer Homepage schreiben J und W, dass sie Achtsamkeitsmeditation in der Vipassanā-Tradition anbieten, dabei aber großen Wert darauf legen würden, diese, im Sinne einer Kultur der Achtsamkeit, ohne religiöse Anbindung zu vermitteln, so stehe der Zugang jedem Menschen offen, unabhängig von Herkunft und Prägung

und sie schreiben, dass diese Form des Meditierens nicht nur ein Mittel sei, im sogenannten Hier und Jetzt zu bleiben, sondern die Wirklichkeit des gegenwärtigen Moments auch genau wahrzunehmen, eben so, wie sie ist, und dazu würden wir, schreiben J und W, unsere Aufmerksamkeit und unser Wahrnehmungsvermögen üben, uns darin schulen, geduldig und konzentriert präsent zu sein, dabei differenziert und sensibel den Atem und unsere Körperempfindungen zu spüren, und auch das, schreiben sie, was wir hören und sehen, und auch das, was unsere Gedanken, Gefühle und Stimmungen sind, von Moment zu Moment und so, schreiben J und W auf ihrer Website, kämen wir immer mehr mit uns selbst und unserer Mitwelt in Kontakt, und so würden wir lernen, das Leben mit seinen hellen und dunklen Seiten anzunehmen, sodass größere Klarheit und womöglich Gelassenheit einkehren könnten, die Meditation, schreiben J und W, sei ein umfassender Prozess der Geistesschulung

und ich denke, ja, das will ich, darum geht es doch, einfach da sein, hier und jetzt, das Leben annehmen, wie es ist, ja, ja, ja

und wenn dabei noch mein Geist geschult wird, denke ich, umso besser

1990

der Weißdorn
(Crataegus spec.)
ist Heilpflanze Jahres

keine, minimale, mäßige, zäh-plastische, kräftige, extrem starke Totenstarre

Abbildung 8, in der Hand fixierte Äste und Zweige, Selbstrettungsversuch bei Einquetschen unter einem Pkw

meine Großmutter, Mutter meines Vaters, war nicht da

mehr als zwanzig Jahre vor ihrem Tod erlitt sie einen Schlaganfall, saß halbseitig gelähmt im Rollstuhl, konnte immer schlechter sprechen, zuletzt setzte sie an zu einem Satz, aber oftmals war kaum etwas zu verstehen, lediglich einzelne Silben, die kenntlich aus ihr herausquollen, dazwischen der Mund, als kaute er immer wieder auf einzelnen Worten herum und könnte sie doch nicht sagen, ein mäanderndes Tönen, auf und ab, auf und ab, der Klang einer Stimme ohne Worte, das stumme Strömen einer Stimme durch den Körper und aus ihm heraus, meine Großmutter kaute auf ihren Worten, kaute auf ihren Sätzen herum, kaute immer wieder auf Sätzen wie dem, was ich denn jetzt eigentlich mache, wann ich mit dem Studium fertig sei, ob ich genug Geld verdiene, verdienen würde, bald, und ja, ob es mir gut gehe, das fragte sie mich auch, meine Brüder hingegen nicht, meine Brüder lernte sie gar nicht mehr richtig kennen, sie wurden geboren, da hatte sie den Schlaganfall schon gehabt, und so lernten meine Brüder meine Großmutter nur noch im Rollstuhl kennen, und wenn wir sie besuchten, saßen sie tief in den matten Sesseln im Wohnzimmer und sagten nichts oder nur dann, wenn sie gefragt wurden, ein, zwei dürre Sätze, irgendwann kamen sie dann nicht mehr mit, und meine Großmutter fragte meinen Vater, wenn sie nach meinen Brüdern fragte, bloß, was sie denn machten, ob sie damit einmal genug Geld verdienen würden, und mein Vater antwortete, mindestens einmal antwortete er das, warum sie nicht frage, wie es ihnen gehe, meinen Brüdern, ihren Enkeln, das könne man ja auch mal fragen, und sei das nicht wichtiger

aber so oder so kamen mit der Zeit immer öfter immer weniger Worte und also immer weniger Fragen, sondern vor allem erratische Wortbrocken aus dem Mund meiner Großmutter, wie geklumpter Brei, als sabberte sie, eine dickflüssige Pampe, die einzige Sprache, die sie dann noch hatte und die nach und nach aus ihr herausrann, bis sich der Mund verzog, dann schloss, und sie abwinkte, mit ihrer lebendigen, nicht gelähmten, aber auch schon halb erstarrten linken Hand, der Daumen abgespreizt, die anderen Finger bewegungsunfähig aneinandergedrückt, sie winkte ab und legte die Hand auf die Lehne des Rollstuhls, dann sagte mein Vater etwas oder ich

meine Großmutter bot mir und meinem Vater zu Weihnachten, wenn ich sie, einmal im Jahr, mindestens, manchmal öfter, besuchte, den immer gleichen Instant-Kaffee an, die immer gleichen Kekse, sonst saß sie allein in ihrem Haus, im Wohnzimmer, im Rollstuhl, sah fern oder las, verdächtigte ihre wechselnden osteuropäischen Pflegekräfte, sie zu bestehlen

als Kind, acht, neun, zehn Jahre alt, fuhr ich mit meiner Großmutter in Urlaub, auf die immer gleiche Nordseeinsel, Niederlande, mein Großvater und sie hatten dort ein Ferienhaus gekauft, das sie je zur Hälfte nach ihren Vornamen benannten, erst die erste Silbe des Namens meines Großvaters, dann ihr einsilbiger Name, und das war dann der Name des Ferienhauses, Wohnzimmer, drei kleine Zimmer, Bad, wenn man zu lange duschte, konnte es sein, dass das Wasser unter der Tür hindurch und aus dem Bad herausfloss, in den Flur, zur Küchenzeile, Spüle, Arbeitsfläche, Gasherd, zwei Platten, darunter der Kühlschrank, jeden Tag des Urlaubs sollte ich ein Glas Milch trinken, trank es auch meine Großmutter, die mir Pullover strickte, Essen machte, Essen, auf das ich mich immer sehr freute, Wild, Fasan, Kohlrabi, Rharbarberkompott mit Quark, die von ihrem lange vor ihr verstorbenen Mann, dem einzigen Arzt der Kleinstadt, lange vor seinem Tod betrogen worden war, mit einer aufdringlich parfümierten Frau, einer Ärztin, mein Großvater hatte meine Großmutter, als sie heirateten, persönlich von der Universität, Zahnmedizin, abgemeldet, meine Großmutter, die sich nicht von ihm trennte und die im Alter von zweiundneunzig Jahren allein in ihrem Schlafzimmer starb, unter Schmerzmitteln, fast hätte man ihr vorher noch den Fuß amputiert, meine Mutter und mein Vater schliefen unten im Wohnzimmer, mein Vater wachte in der Nacht auf und ging hoch, da lag sie, leblos, während ich einige Hundert Kilometer entfernt meinem Leben nachging, irgendetwas Dringendes im Sinn, so wie immer, und dann zur Beerdigung fuhr, den starren aufgebahrten Körper mit meiner Tante in einer schmalen Kammer betrachtete, den aufgesperrten Kiefer, die Zähne hingen fast schief heraus, diese Starre, und meine Mutter hatte mich noch gefragt, ob ich wirklich einen toten Menschen sehen möchte, das verkrafte man nur schwer, ja, das möchte ich, sagte ich, und ich wollte länger bleiben, länger, um es zu verstehen, aber weil ich dachte, dass meine Tante die Aufbahrungskammer sicher wieder verlassen wollte, blieb ich nur einige Minuten

am nächsten Tag trugen meine Brüder und ich den Sarg meiner Großmutter über den Friedhof, ließen ihn an Tauen hinab ins Grab gleiten, neben meinen Großvater, seitdem war ich nicht mehr da

als ich meine Großmutter das letzte Mal sah, ein paar Monate vor ihrem Tod, Weihnachten, Wohnzimmer,

Kaffee, Kekse, erinnerten wir uns an die gemeinsamen Urlaube vor über zwanzig Jahren, sie lächelte, ja, da warst du dabei, sagte sie, und dann, ich will nicht mehr, ich will nicht mehr, und dann etwas, das ich nicht verstand, dann hob sie ihre lebendige, nicht gelähmte, aber auch schon halb erstarrte linke Hand von der Rollstuhllehne, winkte ab, und irgendwann gingen wir wieder, mein Vater und ich, tschüss, sagte ich, schloss die Tür

die
Son
ne

der
Mond

fehlend, lockerer, leichter, teigiger, fester, sehr fester Widerstand

Abbildung 9, Beibehaltung der Körperhaltung nach Lageveränderung (90°), durch Totenstarre in der Luft fixierte Arme und Beine

dann forderte uns die Standesbeamtin auf, die Urkunde zur Eheschließung zu unterschreiben, und ich dachte, dass du zuerst unterschreiben sollst, ich möchte, dass du zuerst unterschreibst, dachte ich, denn als es darum ging, die Ehe mit einem Kuss zu schließen, hatte mich die Standesbeamtin zuerst angesprochen, jetzt du zuerst, dachte ich, jetzt du, und ich sah dich an, und ich sagte, willst du zuerst, und du sahst mich an, nicktest, und dann gingst du an den Tisch, den Tisch, hinter dem die Standesbeamtin stand und vor dem ein Stuhl stand, ein Stuhl wie der, wie sie hier in mehreren Reihen standen, bezogen mit rotem Samt, ein Stuhl wie der, von dem wir, du und ich, aufgestanden waren, um uns die Ringe überzustreifen, erst ich, dann du, und du gingst zum Tisch, setztest dich auf den Stuhl davor, nahmst den Stift, der vor der Eheurkunde lag, und unterschriebst, an zweiter Stelle, die Standesbeamtin wies dir die zweite Stelle zu, dann unterschrieb ich, an erster Stelle, etwas irritiert, aber ohne Nachfrage, denn ich wollte nichts falsch machen, nicht selbst irritieren, zur Irritation beitragen, an diesem Ort, an diesem Tag, in diesen Minuten, in diesem Moment, der, wie meine Chefin mir später schreiben würde, ein lebensbiografisches Großereignis war, herzlichen Glückwunsch, alles Gute, ein lebensbiografisches Großereignis, das trifft es genau, und das begriff ich in diesem Moment selbst allerdings nicht, überhaupt nicht, ein Moment, der erst mündlich, dann schriftlich arretiert werden sollte, für den Rest des Lebens, in guten wie in schlechten Tagen, in Gesundheit und Krankheit, und jener Mann, dachte ich, der am Tag seiner Hochzeit mit einer Hirnblutung ins Krankenhaus eingeliefert wurde, einige Stunden nach der Trauung, mit einer Hirnblutung ins Krankenhaus, und am nächsten Tag war er tot, vierunddreißig Jahre alt, tot, ich war jetzt sechsunddreißig, dachte ich, sechsunddreißig Jahre habe ich schon gelebt, dachte ich, oder erst, erst sechsunddreißig

Jahre habe ich gelebt, je nachdem, wie man das sieht, von wo aus man schaut, dachte ich, und ich dachte, ein im Jahr zweitausendundzehn in Haiti geborener Mann, zum Beispiel, hat eine durchschnittliche Lebenserwartung von achtundzwanzig Jahren, des Erdbebens wegen, warum sonst, dachte ich, circa dreihundertsechzehntausend Tote, und das ändert dann die Statistik, ändert die Lebenserwartung, ungeheuer, dachte ich, man rechnet dreihundertsechzehntausend Tote in die Statistik hinein, und dann ändert sich die Lebenserwartung, das hat seine ganz eigene Perfidie, das ist ein Zynismus ganz eigener Art, und dann sagte die Standesbeamtin, das Brautpaar lasse die Nachnamen bei der Eheschließung unverändert, wenn jemand von uns den Nachnamen zu einem späteren Zeitpunkt ändern lassen wolle, sei dies, darauf wolle sie uns noch hinweisen, jederzeit problemlos möglich

vielleicht ist dies dein letzter Atemzug

Madensack

Mondesschimmer

auf jeden Fall einen Atemzug näher am Tod

Bhikkhu Anālayo war nicht da

jener buddhistische Mönch, dem ich seit einigen Jahren in meiner Meditationspraxis folge, der am wichtigsten für mich ist

Anālayo ist aus Deutschland nach Sri Lanka ausgewandert, aus Sri Lanka in die USA, ich habe nie mit ihm gesprochen, war nie im selben Raum wie er, aber ich habe mir Vorträge von ihm angehört, im Internet, habe ihn in seinem Zimmer im Barre Center for Buddhist Studies sitzen und in die Kamera sprechen sehen, kahl geschorener Schädel, knochiges Gesicht, plattes Kinn, Schultern und Oberkörper eingehüllt in die ockerfarbene Robe eines Theravādamönchs, und natürlich habe ich seine Bücher gelesen, nicht alle, es sind zu viele, aber doch einige, manche mehrmals

wenn er nur eine Form der Meditation praktizieren könnte, sagt Anālayo, dann würde er sich für die Achtsamkeit auf den Tod entscheiden, er kenne keine Praxis, die transformierender, freudvoller, ja, beruhigender sei als maraṇasati, keine Praxis, die mehr helfe, ganz zu werden, das Leben ganz zu leben, was ist wirklich wichtig, was will ich noch tun, bevor ich gehen muss

Anālayo schläft in einem Sarg

und ich liege in meinem Zimmer, auf meiner Yogamatte, den linken Arm am Ellbogen auf dem Dielenboden aufgestellt, Unterarm und Hand zeigen nach oben, wenn ich beim Meditieren müde werde, so die Idee, die ich von Bhikkhu Anālayo übernommen habe, kippt mein Arm nach unten, langsam sinkend oder ruckartig wegsackend, in jedem Fall eine Bewegung, die so stark ist, dass ich wieder wach werde, kurz zumindest

vor mir die Fenster, dahinter der Innenhof, die Mülltonnen, die Haustür, die geöffnet wird, ins Schloss fällt, immer wieder, in unregelmäßigen Abständen, seit einigen Tagen hat die eingelassene Milchglasscheibe unten Risse, als habe jemand, könnte sein, hineingeschlagen, Schritte, Gespräche, oder, wenn es in anderen Wohnungen klingelt, ein leises Surren, abgeschirmt durch die Wände unserer Wohnung, meines Zimmers

klingelt es bei uns, dann ist dieses Surren so laut und so schneidend, dass wir häufig vor Schreck zusammenzucken, immer noch, wir wohnen jetzt seit neun Jahren hier

sonst Stille

und ich liege auf meiner Yogamatte und folge der Stimme von Bhikkhu Anālayo, eine geführte Meditation, seine Variante der Sterblichkeitskontemplation, maraṇasati, die ich mir so oft angehört, so oft geübt habe, seit über drei Jahren nun schon, dass mir einzelne Sätze ungefragt in den Sinn kommen, bei irgendeiner alltäglichen Verrichtung, beim Spülen zum Beispiel

naked we came, naked we go

nameless we came, nameless we go

alone we came, alone we go

Anālayo beginnt
mit einer dreifachen Vergegenwärtigung

mit der Vergegenwärtigung, erstens, dass alles, was wir besitzen, alle Dinge, die wir angesammelt haben, dass wir nichts davon mitnehmen können, egal ob wir ein Haus gebaut und ein Auto haben, oder mehrere oder andere Sachen, die ähnlich teuer sind oder teurer, ob wir wenig mehr besitzen als ein paar Bücher oder nichts als unsere Kleidung, wir müssen es alles zurücklassen, alles, was wir haben, und andere werden es verwenden, oder sie werden es nicht verwenden, und vielleicht werfen sie es weg, naked we came, naked we go

mit der Vergegenwärtigung, zweitens, dass wir all das, was mitschwingt, wenn wir »ich« sagen oder denken oder jemand anderes uns bei unserem Namen nennt, all das, was sich im Laufe unseres Lebens mit diesem Namen verbunden hat, dass wir all das hinter uns lassen müssen, das ganze Flechtwerk unserer Erfahrungen, jene, an die wir uns erinnern, und jene, an die wir uns nicht erinnern, Kindheit, Jugend, Erwachsenenalter, Alter, je nachdem, wie lange wir leben, unsere Rollen, Aufgaben, Zu- und Abneigungen, Erfolge, Misserfolge, Ideen, Irrtümer, Gewohnheiten, Tics etc., kurzum all das, was uns am Ende unseres Lebens zu dem Menschen gemacht haben wird, der wir gewesen sein werden, wir können nichts davon mitnehmen, nameless we came, nameless we go

mit der Vergegenwärtigung, drittens, dass der ganze Kreis unserer Nächsten und Liebsten, jene Menschen, die uns in unserem Leben begleitet haben, die vielleicht da sein werden, wenn wir sterben, dass wir sie alle zurücklassen müssen, sie werden ohne uns weiterleben, alone we came, alone we go

und dann leitet Bhikkhu Anālayo mich an, mir vorzustellen, wie ich sterbe, wie meine Haut kälter, mein Hals trocken, wie es immer schwerer wird zu atmen, wie die Pausen zwischen meinen Atemzügen immer größer werden, so lange, bis ich nicht mehr atme, und dann leitet Bhikkhu Anālayo mich an, mir vorzustellen, wie mein Körper nach und nach verwest

was außerdem geschieht, kurz nachdem du gestorben bist

du kühlst ab

deine Leiche wird so lange kälter und kälter, bis sie die Temperatur der Umgebung angenommen hat

Zimmertemperatur, wenn du in einem Zimmer gestorben bist, vielleicht deinem Zimmer, sonst Außentemperatur

die Geschwindigkeit, mit der deine Leiche von innen her auskühlt, hängt von vielen Bedingungen ab, deiner Kleidung zum Beispiel, deinem Gewicht

eine Faustregel besagt

Temperaturabfall von zwei Grad Celsius in der ersten Stunde nach dem Tod, in jeder weiteren Stunde wirst du dann ein weiteres Grad kälter

jetzt sitze ich auf dem Linoleumboden des Kindergartens
vor mir einige Bauklötze, grün, gelb, blau etc.

Nachmittag, mein Vater ist arbeiten
aufgezogene, schmutzig orange Vorhänge, Licht

irgendwo in der Ferne
eine rote Plastikrutsche, der Rest ist verschwommen

ich bin drei Jahre alt

jetzt fährt mein Vater mich mit dem Rennrad zur Schule, ich auf der Stange, wir sind zu spät dran, und das Auto ist kaputt, wir fahren durch die halbe Stadt, mein Vater fährt, so schnell er kann, also sehr schnell, es gibt nichts Schöneres, ich bin sieben Jahre alt

wenn du ohne Einbalsamierung begraben und nicht verbrannt wirst, setzt die Selbstverdauung deines Leichnams in der Regel achtundvierzig bis zweiundsiebzig Stunden nach deinem Tod ein

bleibst du im Freien liegen, geht es schneller

Selbstverdauung deines Körpers nach deinem Tod, das heißt, deine eigenen Enzyme zersetzen, von innen nach außen, dein eigenes Gewebe, Erweichung und Verflüssigung

Bauchspeicheldrüse, Milz, Nebennieren, Leber, Gehirn

ein Beispiel

wenn deine Magenschleimhaut sich selbst verdaut, wird irgendwann die Magenwand brüchig

wird die Magenwand brüchig, tritt dein Mageninhalt in die Bauchhöhle über

all das, was du unmittelbar vor deinem Tod gegessen beziehungsweise getrunken hast

Speisebrei

wenn du unmittelbar vor deinem Tod noch essen beziehungsweise trinken wolltest oder konntest

ansonsten Magensaft

die
Son
ne

der
Mond

die
Ster
ne

jetzt sehe ich die platt getretenen Nacktschnecken

                    es hat gerade aufgehört zu regnen
der Weg führt durch einen kleinen Wald

Dutzende, zerquetscht auf der matschigen Erde

jetzt ist mein Trommelfell geplatzt

ich werde operiert
mir wird Gewebe aus meinem Ohrläppchen eingesetzt

ich bin acht Jahre alt

erst Enzyme, dann Fäulnisflora, Bakterien, Pilze, Protozoen

du fängst an zu verfaulen

es beginnt in der Leistengegend, deine Haut wird grün, schmutziggrün, kleine faulende Flecken

dann fault der ganze Bauch, dann dein ganzer Leichnam

dunkelgrün, teils rötlich-grün (Gesicht, Hals, Brustkorb), gegebenenfalls auch rotbraun (überall), schließlich schwarz

Abbildung 10, Grünfäulnis der Haut im rechten und linken Unterbauch

Abbildung 11, rotbraune Fäulnis der Gesichtshaut, gedunsene Augen, Lippen, Wangen

jetzt gehe ich in den See, werfe mich, nach ein paar Metern, mit dem Kopf voran hinein, tauche

auf dem Grund, das Wasser ist hier noch nicht sehr tief, liegt eine Glasscherbe, die so scharf ist, dass ich fast nichts spüre, nur, wie irgendetwas blitzschnell über meine Haut ratscht, mir das Knie aufschlitzt, es sticht, ein Sekundenbruchteil, dann ist es vorbei, noch bevor ich es ganz registriere, ist es schon wieder vorbei, und jetzt ist da ein Riss in meiner Kniescheibe, von rechts oben nach links unten, und wie die Hautlappen im Wasser gegeneinanderschlagen, wenn ich das Bein bewege

ich schwimme zurück, renne, als ich, in der Nähe des Ufers, wieder Boden unter den Füßen habe, aus dem See auf die Wiese, Sommer, Sonne, überall Menschen, die auf Handtüchern liegen, ich sehe an mir hinab, fange dann an zu weinen, mehr aus Schock, es schmerzt, ja, aber das erinnere ich kaum, mein ganzes Bein ist voller Blut

ich bin elf Jahre alt

1996

der Gelbe Frauenschuh
(Cypripedium calceolus)
ist Orchidee des Jahres

die Blutgefäße unter deiner abgestorbenen Haut werden von Bakterien besiedelt, dort vorhandene rote Blutkörperchen von genau diesen Bakterien zerstört

dadurch treten einige deiner Venen hervor, rötlich-violette, später grünlich-schwarze Verästelungen, meist an den Hüften, rechts und links an den Bauchseiten, am Brustkorb, an den Schultern

man sagt

dein Venennetz schlägt durch

Abbildung 12, Durchschlagen des Venennetzes als Zeichen der beginnenden Fäulnis

jetzt, während irgendeiner Bewegung, verrutscht ein Stück Knochen in meinem linken Knie, ich bin sechzehn Jahre alt, und nach diesem ersten Mal, an das ich mich nicht mehr erinnere, passiert das immer wieder, nicht dauernd, aber alle paar Wochen mindestens, was an meinen Bewegungen jeweils der Grund für den ruckartigen Knochenrutsch ist, bekomme ich nicht mit, dafür geht es zu schnell, ich spüre es allerdings überdeutlich, es fühlt sich an, als glitsche mein Oberschenkelknochen seitlich aus dem Kniegelenk und verheddere sich dann irgendwie in den Bändern, es schmerzt so sehr, dass ich einmal, während einer Wanderung in den Bergen, ohnmächtig werde und mein Vater mich ein Stück weit nach unten tragen muss, bis zum nächsten Parkplatz, und auch wenn ich nicht ohnmächtig werde, kann ich mein linkes Bein so lange nicht bewegen, bis es sich irgendwann irgendwie wieder einrenkt, beim Filmabend mit Freunden, beim Sportunterricht, wo auch immer, nach einigen Monaten gehe ich schließlich zum Orthopäden, er untersucht das Knie, sagt, es gehe leider nicht anders, man müsse operieren, zwei Wochen später bleiben mir von meinem Außenmeniskus noch zwanzig Prozent, ich höre auf, Fußball zu spielen, zu gefährlich

unter deiner grünfaulen Haut bilden sich Fäulnisblasen, über den ganzen Körper verteilt, gefüllt mit Fäulnisflüssigkeit, wie schwarze Brandblasen

Abbildung 13, Fäulnisblasen an Oberschenkel, Bauch, Penis

wenn Fäulnisblasen platzen, zum Beispiel, weil sie zu groß geworden sind, tritt rötlich-violette Flüssigkeit aus

Abbildung 14, aufgeplatzte, zuvor flüssigkeitsgefüllte Fäulnisblasen

jetzt rollt der Kombi über die leere Straße, es ist Abend, Winter, und jetzt sieht die Fahrerin, Scheinwerferlicht, das auf meinen Körper fällt, wie ich die Pedale meines Rads nach unten trete, losfahre, auf die andere Seite, bei Rot, es wird schon noch passen, es ist meine Schuld

und jetzt bremst die Fahrerin ab, gestern hat es geschneit, heute ist der Schnee erst angetaut, dann ist er wieder gefroren, festgefroren, und die Fahrerin bremst, bremst, stärker, aber es ist zu glatt, sie schafft es nicht, das Auto zum Stehen zu bringen, und so schlittert der Kombi langsam, wie in Zeitlupe, auf mich zu, die Vorderseite, die wie ein Bug in meine Richtung steuert, bis sie mich erfasst, mein Fahrrad, trotz der geringen Geschwindigkeit werde ich ein paar Meter weggeschleudert

die Fahrerin steigt aus, hilft mir auf, sagt, ich müsse ins Krankenhaus, sofort, es geht schon, sage ich, sie besteht darauf, nein, es geht schon, wiederhole ich, dann humple ich nach Hause

und dann mache ich mir doch Sorgen, fahre mit dem Taxi zur Notaufnahme, wo ein Arzt kurz alles prüft, dann abwinkt, alles in Ordnung, ich bin dreiundzwanzig Jahre alt

Fäulnisflüssigkeit durchtränkt dein Herz, deine Blutgefäße

sie waren alle gekommen, sie waren alle da

jetzt betrete ich zum ersten Mal jene Kirche in Friedrichshain, in welcher der Kurs bei J und W stattfindet, *Einführung in die Meditation*, ich bin sehr nervös

ich merke es daran, dass meine Haut auf einmal empfindlich ist, als vibriere sie, so als habe sie sich in unzählige Partikel aufgelöst, und die Partikel flimmerten so schnell, hin und her, auf der Stelle, dass es mit bloßem Auge nicht mehr zu erkennen wäre, und da ist etwas in mir, das sich immer weiter nach innen zurückzieht, und wenn ich spreche, dringt jetzt kaum etwas nach außen, jedenfalls kommt es mir so vor, nämlich so wie eine Plastikfolie, die auf einmal um meinen Körper gewickelt ist, eine zweite, unsichtbare, alles abdichtende Haut

in der Kirche dann diese ganzen unbekannten Menschen, dazu noch eine unbekannte Praxis, die ich außer mit dem diffusen Wunsch nach mehr Gegenwärtigkeit, Gelassenheit, Wohlbefinden, vor allem mit überzuckerter Esoterik verbinde, aber hier scheint es ja anders zu sein

und vielleicht gehe ich auch deswegen zu J und W, suche ich auch deswegen nach etwas Neuem, weil ich desillusioniert bin von dem, was ich in den letzten Jahren tagaus, tagein gemacht habe, schreiben und lesen, Worte über einen Bildschirm oder ein Blatt Papier schieben, Worte von einem Blatt Papier nach dem anderen in mich aufnehmen, Worte, Worte, aber wozu denn, das hilft ja doch keinem, nicht einmal mir selbst, im Gegenteil, etwa ein Jahr vor Ende meines Studiums und kurz nachdem wir zusammengekommen sind, habe ich einen Hexenschuss, du bringst mich zur Ärztin, stützt mich, und den Hexenschuss habe ich, sagt die Ärztin, weil ich mich zu wenig bewegt habe, weil ich nur am

Schreibtisch gesessen, weil ich die ganze Zeit nur geschrieben und gelesen habe, da bin ich sechsundzwanzig Jahre alt, und zwei Jahre später lese ich ja doch nur weiter, weil ich das immer so gemacht habe, reine Gewohnheit, schreibe ich ja doch nur weiter, weil ich das studiert habe und daher glaube, schreiben zu müssen, ein Studium übrigens, das mir nichts gebracht zu haben scheint außer einer maßlosen Leidenschaft für Gegenwartslyrik, Texte also, die, von einigen seltenen Ausnahmen abgesehen, nur diejenigen interessieren, die selbst Gedichte schreiben, und alles, was ich jetzt lese, hat mit Gegenwartslyrik nun rein gar nichts zu tun, ist aber für deutlich mehr Menschen von hohem Interesse, Texte über Klos, Eulen, Erbschaftsrecht, Mergers & Acquisitions, Fitnessgurus, die Schadenssumme des Gesamtverbands der Deutschen Versicherungswirtschaft, Straßenbahnkonstruktionsdokumente, Schrauben, Muttern, Zentimeter, Millimeter, geschützte Leerzeichen, Kommata, Getrennt- und Zusammenschreibung, Groß- und Kleinschreibung, das pralle Leben, vielleicht also meditieren, vielleicht also einfach nur da sein, ich bin es müde, ich bin es so unendlich müde, irgendetwas perfekt können zu wollen, irgendeine Fähigkeit, irgendwelche Kenntnisse immer weiter auszubauen jetzt versuche ich, immer wieder, ein Taschentuch perfekt zu falten

es klappt nicht

ich bekomme einen Wutanfall, breche in Tränen aus

ich bin vier Jahre alt

jetzt lese ich alles über Pyramiden, Pharaonen, das alte Ägypten, Mumien, außerdem alles über Dinosaurier, Fossilien, Erdzeitalter, ich möchte Archäologe werden, ich male sogar ein Bild, für die Schule, das mich als Strichmännchen neben einer Pyramide zeigt, ich bin acht Jahre alt jetzt bin ich im Trainingslager, Fußball, Kreisauswahl, die talentiertesten Nachwuchsspieler aus meiner Heimatstadt und den Dörfern und Städten der näheren Umgebung, lauter Menschen, die ich nicht kenne

der einzige Freund, den ich beim Fußballspielen im Verein hatte, in der D-Jugend, dieser Freund ist vor einem Jahr, als man mich in die erste Mannschaft gesteckt hat, in der zweiten Mannschaft geblieben, jetzt sehen wir uns nur noch bei ihm zu Hause, wo wir darauf achten müssen, den Ball nicht über den Zaun, zu den Kühen zu schießen, keiner von uns hat Lust, ihn von dort zurückzuholen, oder wir sitzen stundenlang auf dem Boden seines Zimmers und spielen Nintendo, *Mario Kart*, *GoldenEye 007*, oder wir erkunden mit dem Fahrrad die Gegend, Felder, Bauernhöfe, der Kanal, einen Sommer lang graben wir, Tag für Tag, eine kleine Höhle in die Wand eines Hügels

das Beste am Trainingslager ist das Essen, morgens eine ganze Reihe verschiedener Müslis, mittags Gerichte wie gedünsteter Fisch mit Spinat und Kartoffeln, Nudeln mit Tomatensauce, Putengeschnetzeltes mit Reis, und von allem so viel, wie man nur will, außerdem ein Salatbuffet, ich liebe den Eisbergsalat mit Joghurtdressing, und ich trinke zum ersten Mal Aquarius, ziehe mir die neonblauen Plastikflaschen aus einem Automaten und wundere mich über den unbekannten Geschmack, sonst weiß ich nicht, was ich in der Zeit zwischen den Trainingseinheiten machen soll, meine beiden Zimmergenossen und ich, wir können nichts miteinander anfangen

keine fünfzig Kilometer entfernt liegt mein Großvater im Sterben, Tag für Tag, Vater meines

Vaters, als ich in den Bus zum Trainingslager einsteige, verlässt er, knapp über sechzig, Krebs, schon seit mehreren Wochen kaum mehr das Bett, es geht zu Ende mit ihm, alle wissen es, ich auch, obwohl ich es nicht verstehe, wir kennen uns wenig, mein Großvater und ich, und ich weiß nicht, wie ich mit seinem Sterben umgehen soll, etwas in mir hofft, er stirbt, während ich weg bin, im Trainingslager der Kreisauswahl, dann muss ich nicht damit umgehen, dann muss ich mich nicht dazu verhalten, du hast einen super Schuss, sagt der Trainer zu mir, nachdem ich den Ball mit Vollspann und aus vollem Lauf in den linken Winkel des Tors gehämmert habe, und tatsächlich komme ich wieder, und mein Großvater ist tot, ich bin zwölf Jahre alt jetzt bin ich auf einer Jamsession, sitze im Publikum, noch, ein Jazzclub in Münster, ich bin siebzehn Jahre alt, und der regional bekannte Pianist zählt das nächste Stück an, Sonny Rollins, »Oleo«, up-tempo, extrem schnell, der Schlagzeuger kommt kaum hinterher, sein rechter Arm, der Drumstick in seiner Hand, mit dem er immer wieder krampfig auf das Ride-Becken hämmert, aber dann, vielleicht nach einer halben Minute, beginnt er doch, das Tempo zu verschleppen, worauf der Pianist sein Solo damit einleitet, in half-time »Alle meine Entchen« anzustimmen, bevor er dann irgendwann, merklich genervt, richtig loslegt

als ich an der Reihe bin, spielen wir Jazzfunk, Herbie Hancock, »Cantaloupe Island«, und der regional bekannte Pianist sieht mich anerkennend an, geht in seinem Spiel auf mich ein, gegen Ende des Stücks gibt er mir die Gelegenheit zu einem trading fours, er, der Bassist und ich, vier Takte spielen wir gemeinsam, dann habe ich vier Takte Solo, das wiederholen wir einige Male, dann zurück zum Thema, dann Schluss, aus mir könne ein richtig guter Drummer werden, sagt der Schlagzeuglehrer, der bei »Jugend musiziert« auf mich aufmerksam geworden ist und bei dem ich ein paar Extrastunden nehme, ich solle doch Musik studieren, Schlagzeug, und tatsächlich denke ich schon länger darüber nach, gehe, zur Vorbereitung auf die Aufnahmeprüfung, einmal die Woche zu einem Gehörbildungskurs, nehme neben dem Schlagzeug- seit zwei Jahren auch Klavierunterricht, für ein Musikstudium braucht man ja noch ein Zweitinstrument, aber dann traue ich mich doch nicht

er habe ja noch eine Festanstellung bekommen, sagt mein Vater, als Gitarrenlehrer, aber jetzt gebe es nur noch Honorarverträge, alles sehr unsicher, also er würde mir davon abraten, aber wenn ich es unbedingt wolle, sagt er, könne ich es natürlich versuchen

zwei Jahre später

fange ich an zu schreiben, ein halbes Jahr danach höre ich auf, Schlagzeug zu spielen, von einem Tag auf den anderen

Lydia Davis war nicht da

Mein Deutsch verbessern

Mein ganzes Leben lang habe ich versucht, mein Deutsch zu verbessern.
Endlich ist mein Deutsch besser geworden!
Aber jetzt bin ich alt und krank.
Ich werde bald sterben.
Aber wenn sie mich ins Grab bringen,
wird eine Sache
irgendwo in meinem Gehirn sein:
besseres Deutsch.

deine Haut lässt sich in Fetzen abstreifen

vielleicht löst sie sich auch von selbst, blasen- beziehungsweise reliefartig, hier und da, an den Beinen, am Bauch, als hättest du Verbrennungen ersten oder zweiten Grades

Abbildung 15, großflächig sich abschälende Epidermis an Fußsohle und Spann, Totenflecke an Ferse und Innenrist

deine Haut löst sich von den Händen ab, als hättest du rote Handschuhe an

dort, wo deine Haut freiliegt, vertrocknet sie zu einer bräunlichen, harten Schwarte

2001

das alte Flandern
ist Landschaft des Jahres

R, eine meiner engsten Freundinnen, war da, vor einem Jahr war sie mit ihrem Freund nach Österreich gezogen

und wie du und R und ich vor ihrem Kleinwagen standen, wir waren noch einmal im Kiez spazieren gegangen, es war bedeckt, nieselte leicht, Wind rüttelte an den feuchten, kahlen Ästen der Bäume am Straßenrand

wir umarmten uns, auf bald, sagten wir, ich bin im Frühjahr wieder hier, sagte R, für den Geburtstag meiner Mutter, dann stieg sie ein, schloss die Tür, fuhr los, wir winkten, sahen ihr nach jetzt fällt mir ein Glas aus der Hand, es zerschellt auf dem Fußboden, du hörst es, kommst in die Küche und fragst, welches Glas es gewesen sei

dann sagst du, warum gehen immer die schönen Dinge kaputt?

in deinem Körper entstehen Fäulnisgase

du wirst aufgepumpt wie eine Gummipuppe

Kohlendioxid, Schwefeldioxid, Schwefelwasserstoff
Stickstoff, Ammoniak, Methan
Tyramin

Cadaverin, Putrescin

dann setzte die Standesbeamtin zu den formelhaften, gleichzeitig fast sakral anmutenden Wendungen an, mit denen die Ehe geschlossen werden sollte, und die Standesbeamtin, die wir ja noch nie zuvor in unserem Leben gesehen hatten, es hatte, durchaus üblich für Berlin, kein Vorgespräch gegeben, die Standesbeamtin deklamierte, und sie tat es akkurat, genauso akkurat, wie sie es vermutlich schon den ganzen Vormittag hindurch getan hatte und wohl noch den ganzen Nachmittag, wir hatten den 13-Uhr-Termin bekommen, hindurch tun würde, und auf diese Sätze, die die Standesbeamtin vor uns stehend deklamierte, mit der ganzen Unmenschlichkeit professioneller Routine, auf diese Sätze, die ich im genauen Wortlaut nicht mehr erinnere, auf diese Sätze antworteten wir beide mit Ja, erst ich, dann du, wobei deine Stimme etwas brach, und das war so schön, meine habe ich nicht mehr im Ohr, nur den beiläufigen Kommentar von B, meinem Trauzeugen, der mir bei einem Telefonat gesagt hatte, wie aufgeregt er gewesen sei, bei seiner Hochzeit, man wolle ja auch nicht krächzen, zum Beispiel, wenn man sich das Jawort gebe, und deine Stimme brach, als du Ja sagtest, und das war so schön, diese Verletzlichkeit, die nicht in den streng getakteten Ablauf zu passen schien, und indem deine Stimme brach, brach auch das Bürokratische auf, und das, was teils wie ein Amtsakt erschien, ja auch einer war, begann, für einen kurzen Augenblick, zu atmen

âtam, âtum, âtem, âthom, adem, æðm, ethma, adema, ande, aande, ahma, odem, adem, asem, âdem, athem

vielleicht ist dies dein letzter Atemzug

vielleicht morgen, vielleicht in Jahrzehnten, du siehst mich an, ich liege im Bett, und ich atme nicht mehr, ich atme nicht mehr, und ich bin kalt, wo ist mein Herzschlag, wo, und vielleicht denkst du dann, ich bin tot, aber ich bin es nicht, noch nicht, unsichere Todeszeichen, vor dem Tod können unsichere Todeszeichen auftreten, fehlende Reflexe, fehlende Atmung, fehlende Herztätigkeit, weite, lichtstarre Pupillen, abgesunkene Körperkerntemperatur

jetzt schaue ich auf den Teich des Klosters, ich bin seit zwei Wochen da, zwei Wochen quasi ununterbrochenen Meditierens, und ich schaue auf den Teich, und ich sehe, wie sich bei einem Windstoß das Wasser kräuselt, leicht, ich sehe es wie in Zeitlupe, jede winzige Welle, wie sie sich über den Teich schiebt, und ich denke, das ist doch nicht normal, dass ich das so genau betrachten kann, dass ich das alles sehe, all diese Einzelheiten, hochaufgelöste Realität

und es ist so schön, so wunderschön, einfach zuzusehen und nichts sonst, wie der Wasserspiegel bricht, die Oberfläche sich kräuselt, kleine Wellen über den Teich dahinrollen, über das Bild des Himmels, der Wolken und des Blaus, das sich spiegelt im Teich

Fäulnisgase blähen deine Lider auf, polsterartig balloniert

Fäulnisgase blähen deine Augäpfel auf, als stülpten sie sich aus den Höhlen

Fäulnisgase blähen deine Wangen auf

Fäulnisgase blähen deine Lippen auf, wie gespritzt

Fäulnisgase blähen deine Zunge auf, bis sie zwischen den Zahnreihen aus dem Mund herausragt

Abbildung 16, Gasdunsung des Kopfes, rotbraune, teils schwarze Fäulnis der Gesichtshaut, Protusion der Zunge

Fäulnisgase blähen deinen Hals auf

Fäulnisgase blähen deine Brüste auf, monströs balloniert

Fäulnisgase blähen deinen Hodensack auf, monströs balloniert

Fäulnisgase blähen deinen Penis auf, bis zur Erektion

Abbildung 17, Gasdunsung von Penis und Skrotum

Fäulnisgase blähen deinen Bauch auf, meteorisch

Abbildung 18, Gasdunsung des Abdomens, Grünfäulnis an Abdomen und Thorax, Durchschlagen des Venennetzes

jetzt liege ich auf einer Wiese, in meinem Schlafsack und in meiner ganzen Kleidung, Pullover, T-Shirt, Stoffhose etc., Sommer, Nacht, ich habe eine Isomatte auf die Wiese gelegt, aber es ist trotzdem ziemlich unbequem, der Boden ziemlich uneben, und in dieser Nacht schlafe ich kaum, aber das ist egal, denn ich bin in den Bergen, und der Himmel ist so klar, wie ich es noch nie gesehen habe, tiefblau, und über mir die Sterne, die Sterne, die Sterne, ihr Licht

die
Son
ne

der
Mond

die
Ster
ne

die
Ster
ne

auf jeden Fall einen Atemzug näher am Tod

deine Leber wird von Fäulnisgasbläschen durchsetzt, sie ist jetzt meist vergrößert, grün-gelblich, teils eher grau oder schwärzlich, von der Konsistenz her trocken, steif-elastisch, das Organ schwimmt im Wasser

ein Badeschwamm, aus Gummi

Abbildung 19, von zahlreichen, durch Gasblasen verursachten Löchern durchsetzte menschliche Leber, diese typische Fäulnisveränderung wird als Schaumleber bezeichnet

D war nicht da

er sitzt im Gefängnis, für den Rest seines Lebens, und ich habe nicht die geringste Absicht und nicht die geringste Lust zu erzählen, warum

D, der einer meiner besten Freunde war, für eine bestimmte Zeit meines Lebens sogar der beste

D, der mich, nachdem wir aus dem Ruhrgebiet ins Münsterland gezogen waren, ich in die neue, die dritte Klasse kam, sofort bei sich willkommen hieß, er und ein Freund von ihm bauten, aus alten Brettern und gefundenem Schrott, auf einer Wiese vor dem Fluss eine Art Lager, das sie mit Papierfahnen schmückten, die sie anlässlich der bevorstehenden Wahl von Parteiständen geschnorrt hatten, das Lager trug dementsprechend auch den Namen der Partei, FDP-Club, und ich wurde direkt in den Club aufgenommen, baute mit

D, der so oft mit uns im Urlaub war, mit dem ich während der Sommerferien nahezu jeden Tag verbrachte, einmal fuhren wir in einem Gummiboot über den Fluss, einen ganzen Tag, wir starteten bei seinen Eltern, schoben das Boot ins Wasser und ließen uns von der Strömung treiben, immer weiter flussabwärts, ohne Ziel, paddelten dann, ein, zwei Stunden später, eine Zeit lang mühsam durch Seerosen, vielleicht zwanzig Minuten, es kam uns ewig vor, steuerten, als wir es geschafft hatten, auf eine Stelle am Ufer zu, an der sich eine kleine zementierte Fläche befand, die in ein großes leeres Betonrohr auslief, darüber abschüssiges Gras, darüber der Asphaltweg, wir hielten an, setzten uns ins Rohr, einander gegenüber, tranken unser Wasser, aßen unsere

Brote, gingen schwimmen, machten wieder los, und irgendwie gelang es uns, D und mir, eine Art Kreis zu fahren, sodass wir wieder bei seinen Eltern ankamen

D, der mich, einige Jahre später, vor den anderen bewahren wollte, die einen Krankenwagen rufen, mich ins Krankenhaus fahren lassen wollten, ich hatte zu viel getrunken, über eine halbe Flasche Korn, ich kotzte, pisste mich an, D, der mich stützte, als ich vergeblich versuchte, gegen einen Baum zu pinkeln, der den anderen sagte, immer wieder, ein Krankenwagen sei unnötig, ich müsse nur ausnüchtern, er wisse das, er sei mein bester Freund, und er hatte recht, hätten die anderen auf ihn gehört, es hätte mir wahrscheinlich die bestürzten Gesichter meiner Eltern erspart, die Scham, als ich im Krankenhaus aufwachte, mein Kopf so dumpf, und kurz nicht wusste, wo ich war, dann schlagartig begriff, den Satz meines Vaters, morgen gehst du wieder zur Schule, und wie, am zweiten Mai, die Kunstlehrerin sich, als sie mich hinten im Klassenzimmer sitzen sah, ihr Sohn hatte ihr alles erzählt, vor Erstaunen darüber, dass ich schon wieder in der Schule war, kaum halten konnte und, beinahe laut ausrufend, vor allen anderen, meinen Namen nannte

D ging dann irgendwann auf eine andere Schule, auf die Berufsschule, der Kontakt lockerte sich, blieb aber trotzdem bestehen

dann, ich hatte gerade angefangen zu studieren, schickte meine Mutter der Mutter von D einen Brief, und in dem Brief schrieb sie, dass sie sich noch so gut daran erinnere, wie wir beide klein gewesen seien, miteinander gespielt hätten, sie sehe es noch genau vor sich, es tue ihr so leid

und dann war ich bei D zu Hause, D war nicht da, er hatte auf meine Anrufe nicht reagiert, da rief ich seine Mutter an, die mir sagte, dass ich vorbeikommen solle, sie müsse mir etwas sagen, und dann zeigte sie mir den Artikel in der Zeitung, ich raste über den Text, sah wieder auf, sah sie an, und dann erzählte sie mir, was passiert war, auch das, was nicht in der Zeitung stand, und dass D jetzt im Gefängnis sei

als ich, mehrere Jahre später, Ostern, für einige Tage zu Besuch bei meinen Eltern war, traf ich seine Mutter im Supermarkt, ich brauchte einen Moment, bis ich sie erkannte, sie auch, aber dann blieben wir stehen, in der Obst- und Gemüseabteilung, sie die Lenkstange eines Einkaufswagens, ich den Plastikgriff eines Einkaufskorbs in der Hand

D gehe es so weit gut, sagte sie, das heißt, eigentlich wisse man nicht, wie es ihm gehe, er wolle sie, die Mutter, den Vater, den Bruder, nicht belasten, daher zeige er, wenn sie ihn besuchten, nicht, wenn es ihm schlecht gehe, sie solle ihn von mir grüßen, sagte ich, danke, das werde sie tun, sagte sie, es sei schön, dass wir uns mal wieder gesehen hätten, ja, das finde ich auch, sagte ich, und dann verabschiedeten wir uns, gingen weiter, ich brauchte noch Nudeln

der Druck der Fäulnisgase in deinem Leichnam presst über Mund, Nase, Anus und Genitalien rötlich-braune Fäulnisflüssigkeit nach außen, auch Kot und Urin

du trocknest aus

die neun Reflexionen des buddhistischen Gelehrten Atisha, in der Fassung von Joan Halifax:

1. Der Tod ist sicher.
2. Deine Lebenszeit nimmt kontinuierlich ab.
3. Du wirst sterben, egal ob du darauf vorbereitet bist oder nicht.
4. Du weißt nicht, wie lang dein Leben sein wird.
5. Der Tod hat viele Ursachen.
6. Dein Körper ist fragil und verletzlich.
7. Die Menschen, die dir nahestehen, können dich nicht vor dem Tod retten.
8. Wenn du stirbst, sind deine materiellen Besitztümer wertlos.
9. Wenn du stirbst, kann dein Körper dir nicht helfen.

sie waren alle da

jetzt versammeln wir uns in einem großen Kreis, fünfzehn bis zwanzig Menschen, Woche für Woche, für circa zwei Stunden in dieser Kirche in Berlin-Friedrichshain, etwa fünfzehn Meter über uns die Decke, um uns der ganze Saal, der Raum, die Luft darin, die an die Seite geräumten Stühle, die silbrig grauen Orgelpfeifen hoch oben an der Wand, hinten die Kanzel und die Altarfläche, über die wir gehen, wenn wir uns aus einem Lagerraum kreisrunde Meditationskissen oder Meditationsbänkchen holen, etwa dreißig Zentimeter hoch, aus hellem Holz, außerdem Matten, rechteckig, aus zugeschnittenem Teppichboden, die als Unterlage für Kissen oder Bänkchen dienen, und Stoffdecken, für uns, damit wir beim Meditieren nicht auskühlen

auf einem Stuhl

sitzt da noch niemand, dabei lässt sich, was viele nicht wissen, auch auf einem Stuhl gut meditieren, und bei einer Verletzung ist dies sogar die empfohlene Haltung, vielleicht ein Jahr, nachdem ich bei J und W mit dem Meditieren angefangen habe, werde ich J von meinem kaputten Knie erzählen und fragen, ob es denn erlaubt sei, auf einem Stuhl zu meditieren, ja, sagt J, auf jeden Fall, die äußere Haltung sei letztlich nicht entscheidend, es komme darauf an, was der eigene Geist mache, und ab da meditieren mein kaputtes Knie und ich sitzend nur noch auf einem Stuhl, so wie es auch die Mönche tun, denen ich während des Retreats im Allgäu begegne, einige Jahre später, und die die gemeinsamen Meditationen anleiten und sich, vermute ich, durch zu häufiges und zu langes Knien oder Sitzen mit gekreuzten Beinen ihren Körper ruiniert haben

einen Körper, der, so ließe sich

aus buddhistischer Sicht entgegnen, ohnehin zerfallen wird,

der uns nicht gehört, an dem zu haften nicht lohnt, Haut, Fleisch und Knochen, nichts als Haut, Fleisch und Knochen, sagt Bhikkhu Anālayo, einzelner Tropfen Tau, auf der Spitze eines Grashalms, in der Sonne verdunstend, sagen die Lehrreden, bald am Boden liegender Holzscheit, nutzlos, Marionette, Wandmalerei, Luftspiegelung, Stadt aus Knochen, die Fassaden verputzt mit Fleisch und Blut, sagen die Lehrreden, schneller weg als jemand, der einem abgeschossenen Pfeil hinterherrennt und ihn fängt, schneller als Mond und Sonne, sagen die Lehrreden, überreife, bald vom Ast fallende, faulende Frucht, Wundmasse, verrottender Kürbis, zerbrochener Topf aus Ton, Zaubertrick, mit einem Stock ins Wasser gezogene Linie, Schaum, Nest, morsch, das Krankheiten beziehen, Schlachtvieh, sagen die Lehrreden, aufgehäufte Fäule, vergilbtes Blatt, Luftblase, die sich bei Regen auf der Wasseroberfläche bildet, bald zerplatzt, Speichelkloß, der sich mühelos ausspucken lässt, Traum, Berge, wolkenhoch, aus jeder Himmelsrichtung herannahend, alles zermalmend, Fleischklumpen, der, in einen tagsüber erhitzten Topf geworfen, rasch verbrennt, Haus, in Flammen, alles unentwegt in Flammen, sagen die Lehrreden, Spreu

deine Milz verfärbt sich grün-schwarz und wird zerfließlich

dein Gehirn verfärbt sich zunächst rötlich, dann grün-grau, es verflüssigt sich breiig und tritt an den Gesichtsöffnungen aus

dein Fettgewebe verflüssigt sich, wird ölig, im Bauchraum bilden sich Fettseen

deine Augäpfel werden weich, Iris, Pupille und Sklera färben sich schmutzig rotbraun

deine Haare lassen sich mühelos aus der Haut ziehen

deine Fingernägel lassen sich mühelos von den Fingerkuppen ziehen

deine Zehennägel lassen sich mühelos ausziehen

wenn man die Haut mit abzieht, ist es, als zöge man dir Schuhe aus oder Socken

Bhante Nyanabodhi, der Abt der Metta Vihara, war nicht da

als er eines Abends eine Meditation anleiten sollte, mettā, liebende Güte, sagte er, leise, mit brüchiger Stimme, er könne dies heute nicht tun, denn eine langjährige Freundin und Förderin des Klosters habe sich nach schwerer Krankheit vom Krankenhausdach gestürzt, man habe ihn gerade angerufen, sie sei seit über zwanzig Jahren immer wieder hergekommen, sagte er, stockte, sie habe dem Kloster alles vermacht

wir saßen, vielleicht zehn Menschen, in der Meditationshalle, auf Kissen, Bänkchen, Stühlen, und hörten ihm zu, vorne, neben Bhante Nyanabodhi, die große, sitzende Buddhastatue, der Altar, Blumen, die Klangschale, ein Buch, in das wir an manchen Tagen, für Menschen, die wir kannten, gute Wünsche schrieben

möge er Frieden mit seiner Familie schließen

möge sie ihre Tochter loslassen können

möge er seine Krankheit annehmen können

möge sie wieder gesund werden

Bhante Nyanabodhi erzählte, dass sie im Kloster so oft die Ruhe gefunden habe, die sie im Leben nicht habe finden können, dass sie eine Poetin gewesen sei, ihre Haikus seien so schön gewesen, so aufmerksam, achtsam, einmal habe sie ihm ein Stück Rasen aus dem Stadion geschenkt, er habe es ans Ende seines Pfads für die Gehmeditation gepflanzt er hoffe, dass es ihr im nächsten Leben besser gehe, und er wolle, sagte Bhante Nyanabodhi, ihr nun diese Meditation widmen

wir sitzen etwa eine Dreiviertelstunde im Schweigen

die Stille senkt sich in mich wie Teer

verrottender Kürbis

Nest, morsch, das Krankheiten beziehen

Zaubertrick

Ayya Khema war nicht da

jene buddhistische Nonne, die Bhante Nyanabodhis Lehrerin war und die als Kind mit ihren Eltern vor den Nazis floh, nach Shanghai, dann in den USA, Mexiko, Pakistan, Australien, Sri Lanka lebte, in den siebziger Jahren, Ende vierzig, zum Buddhismus kam

1989 kehrte sie nach Deutschland zurück, da war sie sechsundsechzig, gründete, im Allgäu, bei Kempten, die Metta Vihara

als ich dort war, schickte ich dir, eine Ausnahme von der Regel edlen Schweigens, eine Postkarte, ein schwarz-weißes Porträtfoto Ayya Khemas, das man, neben Büchern und CDs mit Vorträgen oder Meditationsanleitungen, im Klostershop kaufen konnte, und als ich wieder da war, erzähltest du mir, wie sehr es dich erschüttert habe, auf einmal von mir zu hören, erschüttert und gefreut

1997 starb Ayya Khema, vierundsiebzig, nach vierzehn Jahren Brustkrebs, ihre Autobiografie trägt den Titel *Ich schenke euch mein Leben*

Fäulnisgase brechen durch deine aufgeblähte Haut, du sackst zusammen

2014

Nostoc ist Mikrobe des Jahres

überreife, bald vom Ast fallende, faulende Frucht

mit einem Stock ins Wasser gezogene Linie

H war nicht da

ich habe sie nicht eingeladen, und sie wäre auch nicht gekommen, in ihrer letzten Mail schrieb sie mir, dass von nun an alle meine Anrufe geblockt würden, E-Mails landeten im Spam, ich solle sie bitte in Ruhe lassen, sie brauche ihre Energie für die schönen Dinge im Leben statt für Begegnungen mit mir

H und ich waren da seit etwas mehr als fünfzehn Jahren miteinander befreundet, wir lernten uns kennen, als sie mir in einer Vorlesung im ersten Semester, *Einführung in die Sprachwissenschaft*, ein Papierkügelchen an den Kopf warf, ich drehte mich um, wir sahen uns an

sie fand mich wohl irgendwie interessant, wie ich allein in einer der ersten Reihen des Hörsaals saß, gerade zwanzig Jahre alt, eifrig mitnotierend, was die Dozentin erzählte, eine Baskenmütze auf dem Kopf, über den langen, zu einem Zopf zusammengebundenen Haaren, heftig nickend, wenn ich etwas zu verstanden haben glaubte, sie habe, sagte H, mich gleich kennenlernen wollen

und so lernten wir uns kennen, gingen zusammen in die Mensa, lernten zusammen für Prüfungen, Sprach- und Literaturwissenschaft, wälzten Zettel, fragten einander ab, saßen irgendwo auf dem Boden der Uni, neben dem BAföG-Amt, oder im Fachschaftsraum, Metren, Tropen, Metapher oder Metonymie, Morpheme, Lexeme, Kommunikations- und Bedeutungstheorien, der gesamte Foliensatz *Einführung in die Sprachwissenschaft*

an einem Abend stellte H mir ihren neuen Freund vor, ein Partyzelt vor der Uni-Bibliothek, laute Schlager oder laute Charts, ich weiß es nicht mehr, jedenfalls nichts für mich, aber egal, ich kam gern mit, verbrachte gern Zeit mit ihr, mit ihr und F, der aus der benachbarten großen Stadt gekommen und gerade mit dem Informatikstudium fertig geworden war, F würde bald zum Arbeiten in eine andere große Stadt ziehen, H würde mitkommen, die Uni wechseln, dann aber nach kurzer Zeit, vielleicht ein Semester, das Studium abbrechen, warum, weiß ich nicht mehr, nur, dass sie fortan darunter leiden, sich minderwertig fühlen würde, kein Studium abgeschlossen zu haben, nicht, wie sie es immer wollte, Lehrerin werden zu können

ich half beim Umzug, wir räumten ihr WG-Zimmer leer, luden alles ins Auto, ein Mitbewohner, der half, dann zog sie mit F nach Köln, wo ich sie regelmäßig besuchte, aber mit der Zeit kam ich immer seltener, vielleicht einmal im Jahr, oder auch, in manchen Jahren, gar nicht

es waren knapp zwei Jahre, dass wir in der gleichen Stadt, im gleichen Viertel wohnten und uns öfters sahen, manchmal fast täglich, es gab eine starke Verbindung zwischen uns, ein tiefes Einverständnis, wir vertrauten uns so gut wie alles an, und es war H, der ich einige meiner ersten Texte zeigte, sehr unsicher, ob sie etwas taugten, und natürlich taugten sie nichts, aber ließen etwas erkennen, spätere Texte vielleicht, und ich weiß noch, wie wir in der Mensa saßen, nachdem wir unser Komponentenessen aufgegessen hatten, Kartoffeln, Reis, Püree, irgendein verkochtes Gemüse, dazu meist Fleisch, Schnitzel, Chicken Nuggets usw., einmal schauten wir zusammen die Doku *We Feed the World*, diese Szene, wie die Küken zu Hunderten, eines nach dem anderen, vom Produktionsband in den Schredder fallen und von den scherenartig aufgespreizten Klingen des Schredders im Sekundentakt geköpft werden, wir fanden, dass man, nachdem man dies gesehen habe, auf keinen Fall mehr Fleisch essen könne, wir taten es trotzdem, wiesen uns nahezu jedes Mal wieder darauf hin, wenn wir uns hinsetzten, auf unsere Teller sahen, ein makabrer, geschmackloser, uns dadurch aber irgendwie umso mehr verbindender Running Gag, das sollte man wirklich nicht mehr essen, guten Appetit, zum Nachtisch Fruchtjoghurt, in einem dieser weißen Schälchen, wie sie in endloser Zahl in der Mensa zu stehen schienen, um uns, im Saal verteilt, die ganzen anderen, ihre Gespräche, Schritte usw., Mittagessen zwischen den Seminaren, Vorlesungen, und H sagte, nachdem wir fertig waren, ich ihr ein Gedicht von mir vorgelesen hatte, du kannst dich wirklich gut ausdrücken

und ich weiß nicht, wann es anfing, vielleicht, als H mir schrieb, wir mailten oft, dass sie und F darüber nachdächten, ein Kind zu bekommen, und ich irgendetwas antwortete, was sie nicht angemessen fand, sie fühlte sich nicht ernst genommen, und wahrscheinlich habe ich sie auch nicht ernst genommen, das heißt, ihr nicht richtig zugehört, ihre Mail nicht aufmerksam genug gelesen, ich bin zehn Jahre jünger als H, ich war da an einem ganz anderen Punkt und habe wohl einfach nicht verstanden, wie wichtig ihr die Entscheidung war, ein Kind zu bekommen oder nicht, jetzt, Mitte dreißig, etwas älter als sie damals, glaube ich, sie zu verstehen, knapp zehn Jahre sind inzwischen vergangen, jedenfalls schrieb mir H, dass sie nicht angemessen finde, was ich ihr geantwortet habe, und natürlich entschuldigte ich mich

vielleicht war das der erste Riss, nichts Schlimmes, nichts, was eine Freundschaft nicht aushielte, aber über die Zeit wurde dieser Riss, für sie zumindest, immer größer, ich bemerkte das zunächst kaum, wollte es wohl auch nicht bemerken, denn dann hätte ich vielleicht etwas tun, etwas ansprechen müssen, aber ich hatte ja ganz andere Dinge zu tun, und das hieß vor allem, Texte schreiben, die ganze Zeit, Texte, Texte, Texte, wir sahen uns immer seltener

als ihr Sohn zur Welt kam, kam es zu einem weiteren Sichentfernen, noch seltenere Treffen, noch seltenere Anrufe, Mails, absolut nachvollziehbar, aber H schickte mir Fotos, Fotos ihres Sohns, eines hing ich an die Wand neben meinem Schreibtisch, ein Baby im Strampler, der Strampler bedruckt mit dem Logo einer bekannten Skaband, das war ihr Humor, genauso wie das Stofftier, das sie ihm schenkten, ein Nacktmull, quietschrosa eingefärbt, etwa zwanzig Zentimeter groß, und auf dem Foto sah ihr Sohn mich freundlich an, Tag für Tag, jahrelang, wie für immer ein paar Monate alt, bis ich das Foto schließlich wieder abnahm, in einer Schublade mit Andenken verstaute, da waren wir schon sieben Jahre zusammen, du und ich, H hat, eine von wenigen, unseren Anfang unmittelbar mitbekommen, in meinen Erzählungen, euphorisch, alltäglich, aufgewühlt, alles, sehr wichtig war das, und auch, wie sie mir nicht nur zuhörte, sondern mir half, mich beschwichtigte, bei einem unserer ersten heftigen Streite, als wir, du und ich, uns erst noch kennenlernen mussten, wo sind unsere Grenzen und wo wir

und so weiß ich nicht mehr, wann es anfing, aber ich weiß, dass sich das Gefühl vertiefte, mehr und mehr, dass ich H bei den Problemen, die sie hatte, nicht helfen konnte, und das ist die ganze Tragik, denn ihr Leben schien tatsächlich mit jedem Jahr schlimmer zu werden, sie verlor, einen nach dem anderen, ihre diversen Jobs, ausnahmslos, weil die anderen, sagte H, gegen sie konspirierten, außerdem das nagende Gefühl, ihr Studium abgebrochen zu haben, daher nicht machen zu können, was sie machen wollte und dies jetzt, mit Kind, auch nicht mehr, oder nur mit großen Schwierigkeiten, nachholen zu können, so oder so, H zahlte ihr BAföG-Darlehen nach und nach zurück, nahm ihr Studium aber nicht wieder auf, wenn du Dinge machen willst in deinem Leben, die dir sehr wichtig sind, sagte sie mir oft, mach sie, bevor ihr Kinder bekommt

die Mutter tot, ein Autounfall, als H acht Jahre alt war, der Vater alkoholkrank, und wie der Vater sich auf der Hochzeit von H und F, zu der nur der engste Familienkreis geladen war, derart unmöglich machte, rumschrie, die Hochzeitsgesellschaft verließ, beleidigt auf sein Hotelzimmer ging, dass H ihre Hochzeit nicht mehr feiern, nur zu Ende bringen konnte, schließlich, kurz bevor wir anfingen, nicht mehr miteinander zu sprechen, ein Bandscheibenvorfall, dann, auch nach der Behandlung, chronische Rückenschmerzen, nächtelang lag H wach, tagsüber dann häufig Streit mit F, Probleme mit dem Sohn, in der Kita, in der Schule, abgesehen von seltenen lichten Momenten schien das Leid kein Ende zu nehmen

ich konnte ihr nicht helfen, nicht mehr, und das tut mir leid, immer noch, aber ich konnte ihr nicht helfen, wenn sie wieder einmal einen Job verlor, weil sie sich mit der Leitung und den Kolleg:innen überworfen hatte, weil es immer die anderen waren, die Schuld daran hatten, weil die Familie ihres Mannes sie hinterging, hinter ihrem Rücken über sie lachte, was sie dann zufällig doch mitbekam, weil mehrere Freundinnen sie hintergingen, bis sie ganz mit ihr brachen, weil sogar ihr eigener Vater, als er noch lebte, sie hinterging, und weil es ja auch alles so war, aber eben nicht nur, weil ich irgendwann einfach nicht mehr konnte, so leid es mir tat, weil ich nicht mehr zuhören konnte, denn wenn wir sprachen, redete vor allem sie, Stunde um Stunde, und es änderte sich auch nichts, es änderte sich einfach nichts, alles war scheiße, und die anderen waren Schuld daran, und ich konnte es ja verstehen, und ich hatte ja Mitleid mit ihr, ja, aber es änderte sich trotzdem einfach nichts, und wenn es nur das wäre, hätte ich ihr ja auch weiterhin zugehört, aber das Leben wurde mit jedem Jahr voller, es war immer weniger Zeit da, wir entfernten uns immer mehr, und als sie mir schließlich irgendwann vorwarf, nicht richtig für sie da zu sein, sie mit Allerweltsweisheiten abzuspeisen, während sie mit dem Gedanken spiele, sich umzubringen, ja, grenz dich nur schön wieder ab von mir, so ist es richtig, schrieb sie mir, und irgendwie hatte sie recht, und irgendwie auch nicht, überhaupt nicht, als sie mir das schrieb, und es danach noch ein paar Mal schriftlich hin und her ging, einmal rief ich sie an, sie ging nicht ran, rief nicht zurück, dann wollte sie reden, aber ich nicht mehr, da waren meine Kraft, meine Geduld am Ende, ich konnte nicht mehr, und ich wollte auch nicht mehr, die Freundschaft war kaputt, und dann schrieb sie mir, mitten in der Nacht, dass sie nicht schlafen könne, weil sie das alles so sehr aufrege, ich solle sie von nun an bitte in Ruhe lassen, ich solle sie einfach in Ruhe lassen, und wenn ich jetzt daran denke, stimmt es mich traurig, wie erleichtert ich war und immer noch bin, dass es nun endlich vorbei war

Fliegen, Wespen, Käfer, Ameisen, Spinnen, Tausendfüßler, Raupen, Springschwänze, Miesmuscheln, Entenmuscheln, Krabben, Algen, Fische, Vögel, Katzen, Hunde

es kommt darauf an

sehr häufig (und dann zuerst) Schmeißfliegen

der platt gefahrene Igel, zwischen der einen und der anderen Straßenseite, kurz nach der Ampel die Ginkgoblätter auf dem Bürgersteig, hellgelb

Haus, in Flammen

alles unentwegt in Flammen

Spreu

sie waren alle da

Schmeißfliegen werden von Fäulnisgasen angezogen, vom Gestank deiner Leiche

für sie ist dein faulender Körper sowohl Nahrungsquelle als auch Brutstätte ihrer Nachkommenschaft

Abbildung 20, Schmeißfliegen auf dem Kadaver, gestreckter Saugrüssel

Abbildung 21, Schmeißfliegen auf dem Kadaver, gestreckter Legestachel

L war nicht da, ich habe sie nicht eingeladen, aber vielleicht wäre sie gekommen, es hätte mich sehr gefreut

kurz bevor wir uns nicht mehr sehen würden, gingen wir im Volkspark Friedrichshain spazieren, Herbst, es war kalt, die Wege feucht, L und ich hatten uns auf der Arbeit kennengelernt, vor zwei Jahren, und trafen uns jetzt nach der Arbeit, sie auf dem Rückweg, ich war aus dem Homeoffice hergekommen, L arbeitete inzwischen woanders, ich auch, was uns verband, war das Lesen, wir lasen zusammen Gedichte, Hölderlin, T. S. Eliot, Emily Dickinson, und planten erst große gemeinsame Leseprojekte, *Middlemarch* zum Beispiel, die wir allerdings nie umsetzten, dann kleinere, Erzählungen von Hoffmann oder Carver, das klappte etwas besser

ihr Chef sei letzte Woche plötzlich gestorben, Ende vierzig, Anfang fünfzig, sagte L, Herzinfarkt, alle seien sehr erschüttert gewesen, wir gingen um den Teich in der Mitte des Parks, die Enten, Schwäne, die Äste der Trauerweide, und wie sie in den See hingen, die Bänke davor

L war schwanger, der Geburtstermin in zwei, drei Monaten, nach diesem Treffen würden wir uns noch einmal sehen, wieder Spaziergang im Park, und noch ein paar Mal schreiben, dann nichts mehr, es war ein unausgesprochenes Einverständnis, so mein Eindruck, dass wir es beide nicht mehr schafften, ob ihr Kind gesund zur Welt kam, wie es ihr jetzt geht, keine Ahnung, ich habe nicht gefragt jetzt sitze ich auf dem Beifahrersitz, im Opel Corsa meines Vaters, auf der Rückbank seine E-Gitarre, in ihrer schwarzen Hülle, die Umhängetasche mit den Noten und dem Drumcomputer, daneben eine Flasche Mineralwasser, im Kofferraum der Verstärker, mein Vater fährt über die A 40, Essen nach Bochum, Gerthe, und das Lenkrad fängt, fährt er, wie meistens auf der Autobahn, über Hundertzwanzig, seh- und hörbar zu ruckeln an, der Pkw ist alt, er hat ihn alt gekauft, und so zittert das Lenkrad zentimeterweise auf und ab, gleichmäßige Ausschläge, wie ein hintergründiger Trommelwirbel, aus den Boxen laut darüber hinwegsingend die Stimme Peter Gabriels, Genesis, immer wieder das gleiche Album, »Selling England by the Pound«

ich sehe aus dem Fenster, auf die Lärmschutzwände, welche die A 40 säumen, Beton, mehrere Meter hoch, dahinter die Städte des Ruhrgebiets, und mein Blick folgt den Linien, mit denen die Wände bemalt sind, gelb, blau, braun, grün, rot usw., eine oder oder mehrere Linien, die mit der Strecke dünner und dicker werden, auslaufen oder hinzukommen, sich verflechten, wieder entknoten, sich wieder verflechten, weil wir so schnell fahren, scheinen auch die Linien sich schnell zu bewegen, wie in einem Daumenkino, in unserem Tempo, jedes Mal, wenn wir aus Bochum, Essen, Witten, Dortmund auf die Autobahn fahren, freue ich mich schon darauf, ich bin fünf Jahre alt

Schmeißfliegen krabbeln über deinen Leichnam und legen dort Eier ab, meist zwanzig bis dreißig pro Eiablage

(im Verlauf ihres ganzen Lebens von drei bis vier Wochen produziert eine weibliche Schmeißfliege weit über tausend Eier)

Abbildung 22, Nahaufnahme, Ablage von Schmeißfliegeneiern, Eipakete in der leichten Öffnung des linken Auges und auf dem Lid, man beachte die komplette Füllung der Augenhöhle mit Fliegeneiern

Abbildung 23, Fliegeneier in den Lidspalten eines Verstorbenen

jetzt finde ich drei vierblättrige Kleeblätter hintereinander,
auf dem Parkplatz vor unserer Wohnung

eines schenke ich meiner Mutter,
eines meinem Vater, eines behalte ich, bis ich es verliere

ich bin zehn Jahre alt

die Maden, die aus den Eiern schlüpfen, ein bis zwei Millimeter groß, und circa einen Millimeter täglich wachsen, können sich nur von feuchtem Gewebe ernähren, deshalb deponieren die Fliegen ihre Eipakete mit Legestacheln an entsprechenden Stellen deines Körpers

Mund und Nase, Augenwinkel, Wunden, Bronchien

Abbildung 24, zahlreiche, weißgraue, postmortal abgelegte Fliegeneier auf den Augenlidern, in den Nasenöffnungen und um die Mundregion

Abbildung 25, adulte Fliegen im gesamten oberen Respirationstrakt bis in die Hauptbronchien

jetzt sehe ich den Englischlehrer, nachmittags, in Münster, wo ich zwei Mal die Woche hinfahre, zum Schlagzeug- oder Klavierunterricht, manchmal ein drittes Mal, zu einer Probe, oder, am Wochenende, zum Feiern, es ist Winter, ich bin auf dem Weg zur Musikschule, linker Hand der große See, der Aasee, und einen Moment frage ich mich, ob ich mich nicht irre, aber ja, das ist er, der Englischlehrer, der seit dem Tod seiner Mutter noch nicht wieder in der Schule war

am Anfang der letzten Stunde hat uns die Kunstlehrerin, sichtlich bestürzt, erzählt, dass die Mutter des Englischlehrers plötzlich gestorben ist, und dann, dass er, der Englischlehrer, Mitte fünfzig, nie ausgezogen ist, dass er bis zuletzt bei ihr gewohnt hat, bis zuletzt, und dann schwieg sie und sah uns an

jetzt, da ich ihn von Weitem sehe, vom Bürgersteig neben der großen Straße aus, trägt er einen Trenchcoat, beige, dazu ein hellblauer Schal, Lederhandschuhe, sein schütteres Haar, aber keine Mütze, und es ist so kalt, und da geht er, allein um den See, an den kahlen Bäumen vorbei, auf dem betonierten Rundweg

Luftspiegelung

Marionette

jetzt sitze ich mit meinem Vater im Wohnzimmer, vor dem Kamin, ich bin vierundzwanzig und gerade für ein Jahr in Frankreich, aber jetzt bin ich da, für einen Überraschungsbesuch, ein paar Tage, morgen fahre ich wieder, und jetzt reden wir

dann sehe ich, wie sich am Rand seiner Augen Tränen bilden, und ich frage meinen Vater, was los sei, was ist los, Papa, frage ich, er antwortet nicht

befinden sich erst einmal einige Schmeißfliegen auf deiner Leiche, werden weitere Schmeißfliegen von ihnen angezogen

mit der Zeit beherbergt dein Leichnam große Eihaufen

(Schmeißfliegen bevorzugen Stellen, an denen bereits Eipakete abgelegt sind)

Abbildung 26, fortgeschrittene Leichenfäulnis mit Gasdunsung und ausgedehntem Madenbesatz

Abbildung 27, Nahaufnahme der offenen Bauchhöhle mit hunderten Buckelfliegenmaden und -puppen

Abbildung 28, Torso mit anhaftenden Larven

Abbildung 29, aus den Augen und der Mundhöhle quillender Madenbesatz

Wundmasse

jetzt öffne ich die Tür zu ihrem Büro und sehe, wie meine
Chefin mitten im Raum steht, tränenüberströmt

eine Kollegin umarmt sie,
ihr Vater ist gestorben

leise schließe ich die Tür

jetzt knackt es, ganz leise, und ich nehme meinen Blick vom Spiegel, lege, das Gesicht voller Schaum, die Rasierklinge rechts auf dem Badezimmerschrank ab, sehe nach unten, ins Waschbecken, und ich sehe, dass sich mehrere Risse durch die Keramik ziehen, lange Risse, von einer Seite zur anderen, ich habe das Waschbecken nicht berührt, die Risse waren auf einmal da

Schmeißfliegen können bereits Eipakete in dir ablegen, während du stirbst

aufgehäufte Fäule

auf dem Standstreifen, A11

der überfahrene Fuchs
sein Fell

dann hob die Standesbeamtin an, ein Gedicht zu rezitieren

oje, Lyrik, dachte ich

und für einen Moment hatte ich Sorge, dass die Standesbeamtin ein kitschiges Gedicht ausgewählt haben könnte, eines, das sie »schön« fand, das sicher auch schön war, irgendwie schön, wie Gedichte eben schön sind, wenn sie sich reimen und auch ansonsten nicht allzu sehr aus der Reihe tanzen, alles schön, die Sprache schön zurechtgemacht, herausgeputzt und immer schön verständlich, hach, so schön, auf jeden Fall wird es allen schön vorkommen, dachte ich, allen außer uns, die wir uns tagaus, tagein mit Lyrik beschäftigen, also Augen zu und durch

eine befreundete Lyrikerin sagte einmal zu mir, dass das Essenzielle, das Gedichte für eine Gesellschaft leisten, ja auch darin zum Ausdruck komme, dass sie bei allen großen Schwellenübergängen rezitiert werden können, bei einer Geburt, bei einer Hochzeit, bei einer Beerdigung

so wie die zwei Gedichte von Reiner Kunze, die ich bei der Beerdigung deines Onkels vorlas, November, Nachmittag, ein Dorffriedhof, Hessen, um uns Berge, es regnete leicht, deine Eltern, deine Tante, der Bestatter, du und ich, sonst niemand, zwischen uns Abstand, Pandemie, deine Tante hatte Corona, und ich las zwei Gedichte von Reiner Kunze vor, und die Gedichte waren sehr kurz, selbst für Gedichte, und sie waren nüchtern und klar, und alles war gesagt, und später würde mir dein Vater sagen, dass ich schön gelesen hätte, laut und deutlich und laut und deutlich las auch die Standesbeamtin, ein Gedicht über die Liebe, das sie aus ihrem Ordner gezogen hatte, ein Blatt Papier in einer Klarsichthülle, ein schlichtes Gedicht, wahrscheinlich 19. Jahrhundert, schönes, gleichmäßiges Metrum, vier Verse pro Strophe, zwei Strophen, nicht mehr, Definition der Liebe in zwei Strophen und reinen Reimen, und das Gedicht endete irgendwie damit, dass wahre Liebe sich als stille Liebe zeige, auch den Autor habe ich schon wieder vergessen, irgendwas mit Heym, aber Georg Heym war es nicht, alles weg, alles vergessen

die
Son
ne

der
Mond

die
Ster
ne

die
Ster
ne

die
Ster
ne

einmal geschlüpft, beginnen die Maden sofort damit, dein Körpergewebe zu fressen, Löcher und Gänge in deinen Leichnam zu graben

Abbildung 30, Nahaufnahme einzelner Maden, die Löcher in die Haut fressen oder in bestehende Löcher hineinkriechen

Abbildung 31, frontale Sicht des Kopfes, es sind typische Fraßmuster der Maden zu erkennen, da die Augen bereits vollständig ausgefressen sind, ebenso sind verschieden große (dementsprechend unterschiedlich alte) Maden zu erkennen

Abbildung 32, laterale Sicht des Kopfes, fortgeschrittener Madenbefall an Schläfe, Ohrmuschel, Hinterkopf

Abbildung 33, Nahaufnahme des Schädels und daran befindlicher Maden, v. a. in den Augenhöhlen

die zerdrückte Fliege auf dem Fensterrahmen

der tote Weberknecht an meiner Tapete, seit über einem Jahr

jetzt, auf dem Rückweg von einem Ausflug, Sonntag, Brandenburg, Briesetal, knallt ein Vogel gegen die Frontscheibe

wir fahren weiter

im Rückspiegel sehe ich ihn
auf der Gegenspur
zucken

der Freund eines Freundes, der nach einem Motorradunfall stirbt

G war nicht da, ich hatte erst vergessen, ihn einzuladen

als wir, nach einem Meditationsabend bei J und W, zusammen mit der S-Bahn zurückfuhren, lud ich ihn spontan doch noch ein, da hatten wir uns über ein Jahr lang nicht gesehen, Pandemie, vorher waren wir immer wieder mal zusammen essen gegangen, in der Nähe der Kirche, kurz bevor es losgehen würde

am nächsten Samstag sei die Feier, sagte ich, wenn er wolle und Zeit habe, könne er sehr, sehr gern kommen, seine Frau sei natürlich auch eingeladen, und er freute sich über die Einladung, das konnte ich sehen, aber er sagte, ja, er müsse mal schauen, was am Samstag geplant sei, vielleicht komme er kurz vorbei

mit sehr wenigen Menschen kann ich mich so gut unterhalten wie mit G, kaum jemand hört so gut zu

vielleicht ist dies dein letzter Atemzug

jetzt leitet J den Übungsabend ein

kurz zuvor, ab etwa halb acht kann man kommen, haben wir noch im Vorraum des Saals gesessen, vielleicht zehn Stühle, ein langer Tisch, auf dem weiße Tässchen und zwei alte rote Thermoskannen mit Kräutertee bereitstehen, wenn H gerade gebacken hat, gibt es auch Kekse, es ist das Angebot, vor dem Meditieren ein wenig in kleiner Runde zu reden, bevor es mit dem Läuten der Kirchenglocken losgeht, um Punkt zwanzig Uhr, dann holen sich alle, die wollen, ein Kissen oder Bänkchen, außerdem eine Decke und ein Stück zurechtgeschnittenen Teppichboden, als Unterlage, und suchen sich einen Platz im Saal, so entsteht ein großer Kreis

J leitet den Übungsabend mit einer Reihe von Körperübungen ein, zunächst nur still dastehen, mit offenen oder geschlossenen Augen, und den Raum spüren, dann auch die anderen, die Gemeinschaft sogenannter edler Freunde, kalyāṇamittas, die sich gegenseitig beim Üben unterstützt und die sich hier versammelt hat, zwischen fünfzehn und vierzig Menschen, und die allein deswegen unterstützend ist, weil es sie gibt, weil jeder Mensch in diesem Raum weiß, dass da noch andere Menschen sind, die mit mir dieser Praxis nachgehen, einer Praxis, die von den Menschen in meinem Umfeld vielleicht nicht immer verstanden wird, aber hier, unter edlen Freunden, erübrigt sich das alles, und ich kann mich ganz fallen lassen

und nachdem wir ein wenig so gestanden haben, leitet J dazu über, sich des Tages, so wie er bis jetzt verlaufen ist, gewahr zu werden, was war heute los? was habe ich heute gemacht? was ist auf was gefolgt? welche Spuren hat das in meinem Körper hinterlassen?

und genau das, sagt J, ist jetzt meine Ausgangsposition, so geht es mir heute, sagt sie, und das lasse ich jetzt bewusst zurücktreten, um für die nächsten knapp eineinhalb Stunden noch einmal ganz von vorn anzufangen

und jetzt schaut einmal, wo eurem Körper vielleicht ein wenig Bewegung guttut, vielleicht wollt ihr ein wenig mit den Armen hin- und herschwingen, vielleicht wollt ihr euch ein wenig dehnen, aber egal, was ihr macht, macht es nicht automatisch, seid ganz dabei

und jetzt lösen wir uns von der Bewegung, stehen wieder still und spüren, was sich durch die Bewegung im Körper verändert hat

und jetzt stellen wir uns darauf ein, dass wir Gehmeditation machen, für etwa zwanzig Minuten, schaut einmal, ob ihr den Impuls spüren könnt, also ob ihr den Moment erwischt, in dem sich der Körper zum Gehen vorbereitet, bei Katzen sieht man das manchmal, kurz bevor sie springen

Schmeißfliegenmaden, die deinen Leichnam fressen

Wespen und Käfer, die Schmeißfliegenmaden fressen

Füchse, die deine Arme und Beine verschleppen

Mäuse, die deine Haut zernagen

Abbildung 34, Nagespuren von Mäusen auf der Handfläche

Ratten, die am liebsten in deine Augen beißen

jener Mann, der im Alter von zweiundsiebzig Jahren in seiner Wohnung stirbt und dessen Ratten, die er zu Lebzeiten in einem Käfig gehalten hat, sich so stark vermehren, dass sie seinen Körper binnen einer Woche bis auf die Knochen auffressen und die Polizei sie zu Dutzenden von der Leiche wegtreten muss

C war nicht da

sie warf sich vor einen Zug, in den frühen Morgenstunden, das ist jetzt über zehn Jahre her

C sah ich zum ersten Mal Anfang der siebten Klasse, die erste Stunde nach den Ferien, und da sitzt sie auf einmal bei uns im Klassenraum, ihre Klasse, eine der Parallelklassen, war aufgelöst worden, zu viele Schüler:innen waren weggezogen oder sitzen geblieben

ein Jahr später stand ich vor einer Staffelei, Kunstunterricht, und C kam zu mir, ich malte einen Menschen, aber nicht figürlich, sondern eher abstrakt, Striche und noch mehr Striche, und irgendwie sollte es jemanden darstellen, mich vielleicht, vielleicht waren Selbstporträts das Thema, ich weiß es nicht mehr, aber ich weiß noch, dass C mein Bild sehen wollte, aber ich kann doch gar nicht malen, dachte ich, das ist doch kein gutes Bild, ich mache doch nur irgendwas, weiß, grün, schwarz, irgendwelche Farben, irgendwelche Striche, aber C sagte, das Bild gefalle ihr, und ich freute mich und malte weiter

ein, zwei Wochen später saßen wir auf meinem Bett, am Nachmittag, oben, unterm Dach, meine Mutter und ich hatten mein Zimmer vor ein paar Tagen neu gestrichen, ein helles Orange, aber nicht überall, meine Mutter hatte die Farbe mit einem Schwamm so auf die Tapete getupft, dass an vielen Stellen das Weiß durchschimmerte, wie Wolken, und dann sagte C, ich hätte immer so Andeutungen gemacht, da habe sie gewusst, dass ich sie gut fände, und dann nahm sie meine Hand, wir küssten uns, und ab diesem Moment waren wir zusammen nach ein paar Wochen trennte sie sich von mir, ich weiß nicht mehr, warum, was sie mir sagte, als sie Schluss machte, aber dieses Bild, wie sie mit dem Fahrrad an mir vorbeifuhr, ein paar Tage danach, und wir uns grüßten, knapp, hallo, hallo, und sie fuhr an mir vorbei, ich ging weiter, mit unserem Hund, am Fluss entlang, auf der anderen Seite das Krankenhaus, hinter mir die Musikschule, auf dem Gelände davor ein paar Bäume, Bänke, Tischtennisplatten

das letzte Mal sah ich C in ihrer WG in Bochum, ich war für ein paar Tage zu Besuch, und kurz bevor ich für die nächsten paar Tage zu einem Freund nach Dortmund fahren würde, wurde sie auf einmal krank, sie lag mit Fieber im Bett, ihr damaliger Freund konnte jetzt nicht kommen oder er ließ auf sich warten, jedenfalls rief sie ihn an, und es dauerte, und ich pflegte sie, ich pflegte sie, aber C fand, dass ich es nicht richtig machte, ich rückte ihr Kissen zurecht, aber ich machte es nicht richtig, ich machte ihr eine Wärmflasche, in der kleinen Küche mit Balkon, aber ich machte es nicht richtig

auf dem gleichen Balkon hatten wir, C, K, ihr Mitbewohner, und ich, vielleicht zwei Jahre vor ihrem Tod, ein Video gedreht, für die Hochzeit eines meiner besten Schulfreunde, zu der ich nicht kam, zur der ich, wenn ich ehrlich bin, nicht kommen wollte, es passte mir nicht, der Weg war zu weit, ich war in Frankreich, aber auch sonst ganz woanders, ich verstand nicht, warum das jetzt so wichtig sein sollte, dass ich zu seiner Hochzeit kam, wir sahen uns auch da schon nur noch selten, aber ein Video, ein Video machten wir ihm, dem Freund, ein vollkommen überdrehtes, albernes Video, in dem wir seine Hochzeit im Grunde genommen ins Lächerliche zogen, ich hatte ein parodistisches

Gedicht geschrieben, das C und ich lauthals in die Kamera deklamierten, unter Verrenkungen und Grimassen, an einem Sommerabend, auf diesem kleinen Balkon, mit Bier und Wein, während K mit der Kamera alles filmte, für die Hochzeit, für die Ewigkeit, jetzt ist mir das alles extrem peinlich, jetzt schäme ich mich für dieses Video, ich verstand damals einfach nicht, wie wichtig es für den Freund war, natürlich, dass er jetzt heiraten würde, und die Freundschaft ging dann auch irgendwann in die Brüche oder verlief sich, aber das Video habe ich immer noch, irgendwo auf dem Rechner muss es liegen

und ich rückte C das Kissen zurecht, aber ich machte es nicht richtig, die Gardinen zugezogen, der Raum im Halbdunkel, es war mitten am Tag, C lag im Bett und sagte, mit wie erstickter Stimme, ganz leise, noch mal und noch mal, wie ich ihr Kissen zurechtrücken sollte, wie ich sie zudecken sollte, ich sei nicht aufmerksam genug, sagte sie, und sie sagte, ich wolle ihr gar nicht helfen, gleich komme ja ihr Freund, dann könne ich weg, keine Sorge, und ich wurde immer wütender, ich tat alles, was sie mir sagte, selbst sagte ich nichts, wurde nur immer wütender, dann kam irgendwann der Freund, und ich packte meine Sachen, danke, sagte C, als wir uns verabschiedeten, danke für deine Hilfe, sagte sie, und sie meinte es ernst, das konnte ich sehen, gern, sagte ich, und dann zog ich die Wohnungstür zu, das Geräusch, als das Schloss einrastete, und das ist das letzte Mal, dass C und ich uns gesehen haben

Mumifizierung oder Fettwachsbildung

oder

Verwesung und Skelettierung

jetzt erhängt sich der Mitschüler aus der Parallelklasse, Mittelstufe, auf dem Spielplatz, Schweigeminute im Schulfoyer

falls du nach deinem Tod ganz oder teilweise zu einer Mumie wirst, dann deshalb, weil dein Körper rapide austrocknet

den Bakterien, die dich sonst bis zum Skelett zersetzen würden, wird das notwendige Wasser entzogen

begünstigt wird die Mumifizierung deines Leichnams dementsprechend durch trockene Umgebung und Luftzug

Dachböden, Keller, Vorratskammern, Zimmer, Scheunen, Kleiderschränke, Treppenhäuser etc.

und als du mich fragtest, ob ich bei dir übernachten wolle, sagte ich, ja, und ich fragte dich, hast du vielleicht eine Zahnbürste für mich, ja, sagtest du, klar, dann putzten wir uns die Zähne und legten uns schlafen

und als wir bei dir im Bett lagen, einige Wochen später, und beschlossen, dass wir ab jetzt zusammen waren, wägten wir erst ein wenig Gründe und Gegengründe ab, dann fanden wir, ja, warum eigentlich nicht

jetzt bringt sich der Kommilitone um, mit dem ich mal ein Referat gehalten habe, man sagt, weil seine Freundin ihn verlassen hat

falls du nach deinem Tod ganz oder teilweise zu einer Mumie wirst, wird das entsprechende Weichgewebe (Haut, Muskeln, Fett, Sehnen, Bänder etc.) braun-schwarz und leder- beziehungsweise pergamentartig konserviert, vor allem die Haut, die jetzt an den Knochen klebt

meist beginnt es an Fingern und Zehen, Nase und Ohren

Abbildung 35, Mumifizierung und damit einhergehende Fixierung der Leiche in halb aufgerichteter Position, der Mann lag nach seinem Tod ein halbes Jahr auf der Couch seiner Wohnung, Türen und Fenster waren geöffnet

Abbildung 36, rotschwarze Mumifizierung der kompletten Fußsohle drei Tage nach dem Tod

Abbildung 37, Exkremente von Speckkäfern auf mumifizierter menschlicher Haut

schneller weg als jemand, der einem abgeschossenen Pfeil hinterherrennt, ihn fängt und als ich aus der gemeinsamen Wohnung auszog, in die WG unserer Freundin V, sagte ich dir ein paar Wochen später, dass ich erst mal keinen Kontakt mehr wolle, und kurz bevor wir auflegten, sagte ich noch, ich kann das nicht, und dann sprachen wir nicht mehr miteinander, wir hörten einfach auf, von einem Tag auf den andern

und dann, vielleicht nach einer Woche, schriebst du mir, und ich rief dich an

schneller als Mond und Sonne

jetzt bin ich bei J und W zu Besuch, wir sitzen im mit Büchern vollgestellten Wohnzimmer, W und ich auf abgewetzten Sesseln, J auf der abgewetzten Chaiselongue, neben uns die Fenster, der Balkon, dritter Stock, dahinter die Krone einer Kastanie, dichtes, blendend helles Grün, zwischen den Blättern Licht, Nachmittag, das Ende des Sommers, aber noch ist es lange hell, wir trinken Kaffee, Tee, essen Kuchen, lesen Gedichte, uns hebt die Welle, verschlingt die Welle, und wir versinken

dass die wesentlichen Dinge, sagen J und W, uns allen geschenkt werden, sie sagen es nicht nur jetzt im Gespräch, in dem wir über das Buch reden, an dem sie gerade arbeiten, ich habe einige Kapitel vorab gelesen, und jetzt sprechen wir darüber, es geht insgesamt darum, wie sich Achtsamkeitsmeditation und Christentum verbinden, ergänzen und gegenseitig bereichern können, und eine Einsicht, die sie der buddhistischen Perspektive auf das Leben hinzufügen, ist die, dass die wesentlichen Dinge uns allen geschenkt werden, wir machen sie nicht, wir können sie nicht machen, und es ist sinnlos, das überhaupt zu versuchen, sagen J und W, immer wieder, jetzt, da wir reden, in anderen Gesprächen wie nebenbei, in den einzelnen Kapiteln ihres Buchs, bei den Vorträgen, die sie abwechselnd an manchen Meditationsabenden halten, vor der Gruppe der Meditierenden, einen Abend J, einen Abend W

und es ist vor allem der Atem, sagen J und W, der uns geschenkt wird, vor allem der Atem, und das beginnt damit, dass wir uns nicht um ihn zu kümmern brauchen, der Körper atmet einfach, so oder so, ob wir nun daran denken oder nicht, ob wir den Atem beeinflussen oder nicht, der Körper atmet, und der Körper kann atmen dank der Luft, die um uns ist, die einfach da ist, genauso wie die Erde, der Boden, auf dem wir stehen

dass es, weil wir so vieles, das Leben generell nicht kontrollieren können, darum geht, offen zu sein, sagen J und W, offen für das, was kommt, empfangend und aufmerksam, und dass wir das üben können, dass wir üben können, darauf zu vertrauen, im Leben selbst geborgen zu sein, dass wir üben können, darauf zu vertrauen, dass wir nicht alles selbst machen müssen, dass wir das gar nicht können, und dass dies allerdings ein Vertrauen ist, sagt W, während eines zehntätigen Retreats in einem Brandenburger Kloster sagt er das, welches wir nur dann lernen können, wenn es sich wirklich erweisen muss, im Ernstfall

als wir uns noch kaum kennen, sage ich, dass ich Angst habe, ich habe Angst, sage ich zu dir, dass es morgen schon wieder vorbei ist, und du sagst, ich auch jetzt stehen wir in Bs Zimmer, B, ein befreundeter Schlagzeuger, ein befreundeter Saxofonist und ich, Bs Zimmer ist vielleicht vierzehn Quadratmeter groß, ein Bett, ein Schreibtisch, ein Kleiderschrank, zwei Gitarren, ein Verstärker, ein Klavier, eine Deckenlampe, die so schwach ist, dass sie den Raum kaum erhellt, fast graues Licht, beinahe nicht da, Viertellicht, Zehntellicht, an der Rückwand ein Fenster, durch das man auf nichts als Ziegel blickt, die Hauswand von nebenan, zwei Meter weiter

ich erzähle, wie sich S gestern, von einem Tag auf den anderen, von mir getrennt hat, dass ich es nicht verstehe, sage ich, ich verstehe nicht, warum, was jetzt anders ist, und sie kann es mir auch nicht richtig erklären, sage ich, und sie will es wohl auch nicht, und dass mein Vater gesagt habe, sage ich noch, manchmal sei es einfach vorbei

dann sehe ich in die Runde, und der Saxofonist, der ein paar Jahre älter ist als wir, vielleicht Ende zwanzig, Anfang dreißig, ich kenne ihn kaum, kommt direkt auf mich zu, er sagt, ach scheiße, mehr nicht, dann umarmt er mich, und es tut so gut, mich von ihm umarmen zu lassen, ich habe mich selten so verstanden gefühlt

oder

durch Verseifung beziehungsweise Saponifikation des Körperfetts, vor allem deines Unterhautfettgewebes, bildet sich Fettwachs, Adipocire

eine trockene, gipsartige, weißlich-gräuliche Masse, panzerartig fest, beim Anschlagen tönerner Klang, im feuchten Zustand schmierig weichlich, erdiger, käsiger, ammoniakaler Geruch

zerbrochener Topf aus Ton

N war nicht da, mit siebzehn, achtzehn, neunzehn war ich unsterblich in sie verliebt

ein paar Monate nach unserer Hochzeit traf ich N zufällig im Kiez, ich hatte gerade eine Pause gemacht, war kurz in der Bibliothek gewesen, seit wir hier wohnen, wohnen N und ich kaum fünf Gehminuten voneinander entfernt, in den acht Jahren, die wir hier wohnen, trafen wir uns insgesamt zwei Mal länger als ein paar Minuten, einmal, als ich gerade hergezogen war und herausgefunden hatte, dass N in unmittelbarer Nähe wohnte, verbrachten wir einen Abend in einer Bar, dann lud ich N, zwei Jahre später, zu meinem dreißigsten Geburtstag ein, sie und eine Freundin von ihr tanzten mit uns allen in deinem Zimmer, das wir zur Disko umfunktioniert hatten, mit der Anlage und den Boxen meiner Großmutter, der riesigen Diskokugel, die du dir ausgeliehen hattest, sonst liefen wir uns manchmal über den Weg, so wie jetzt

und so kam ich N entgegen, sie mir, N schob einen Kinderwagen über den Bürgersteig, in dem ein Baby lag, vielleicht ein halbes Jahr alt, und als ich bei ihr angelangt war, blieb N stehen, neben ihr ein zweites Kind, das ihre linke Hand fasste, wir sahen uns an, grüßten

du bist ja immer noch da, sagte ich und wollte es gleich wieder zurücknehmen, so harsch, fand ich, klang, was lediglich Ausdruck meiner Überraschung war, denn als wir uns das letzte Mal über den Weg gelaufen waren, hatte N erzählt, dass sie bald nach Leipzig zögen, sich dort eine Wohnung gekauft hätten, vielleicht wären wir ja mal in der Gegend, dann könnten wir, du und ich, sehr gern vorbeikommen, ja, sagte N, noch, morgen komme der Umzugswagen, die Schlüssel hätten sie schon, es sei alles sehr aufregend, und sie habe, übrigens, mein Buch gelesen, zu dem sie mir noch mal gratulieren wolle, ganz toll gemacht, beeindruckend, der ganze Aufbau, die Struktur, und überhaupt die Geschichte, total spannend, und ich sagte, ja, danke, das freut mich sehr, wirklich

sie habe das Buch dann ihrer Mutter gegeben, die es jetzt lese, sie habe ein wenig gebraucht, sagte N, etwas entschuldigend, und blickte auf ihre Kinder, sie habe ja jetzt nicht mehr so viel Zeit, und ich sah ihre Kinder an, lächelte, winkte kurz, etwas eingeschüchtert, sie waren wunderschön

dann guten Umzug, sagte ich, alles Gute, und N sagte, ja, dir auch, und dann gingen wir aneinander vorbei, ich nach Hause, wo N hinging, weiß ich nicht

wie traurig ich war, als wir eines Abends zusammen im Theater gewesen waren, ich hatte es ihr zum Geburtstag geschenkt, wir hatten uns zum ersten Mal zu zweit getroffen, waren dann, zwanzig Minuten Fußweg, vom Theater zu der Kneipe gegangen, in der schon die anderen waren, mit denen wir gleich feiern würden, und den ganzen Weg über sagten wir kaum ein Wort, es war schön gewesen, den ganzen Abend lang, irgendwie vertraut, obwohl wir uns ja kaum kannten, aber ich hatte mir vorgenommen, N zu sagen, dass ich verliebt in sie sei, und da ich es den ganzen Abend noch nicht rausgebracht hatte, wusste ich, es müsste jetzt bald sein, bevor wir auf die anderen träfen, und daher dachte ich den ganzen Weg darüber nach, wann der beste Zeitpunkt sei, ein ungezwungenes Gespräch war daher unmöglich, jedenfalls für mich, und sicher spürte auch N, wie sie neben mir ging, durch die kleinen, gepflasterten Straßen der Innenstadt, dass da etwas in der Luft lag, etwas Unausgesprochenes, das es mir schwermachte, einfach loszureden, so wie vorher, und dann standen wir vor der Kneipe, und N sagte, sollen wir reingehen, und ich sagte, ja, gleich, aber ich muss dir noch etwas sagen, ich bin in dich verliebt, und N sah mich an, ein wenig traurig, und sie sagte, ach, aber ich nicht in dich, und ob wir denn aber nicht reingehen wollten, zu den anderen, und ich sagte, nein, ich kann nicht, und dann ging N in die Kneipe, und ich ging weg, fuhr mit dem Bus nach Hause, versank in irgendwelchen Jazzballaden, Miles Davis, John Coltrane usw., ein Jahr später, in der Abizeitung, belegten wir in der Kategorie »Traumpaar – nie geworden« den zweiten Platz

und als ich nach unserer Begegnung im Kiez zu Hause ankam, einen Tag bevor N mit ihrer Familie nach Leipzig ziehen würde, fast zwanzig Jahre nachdem wir zusammen im Theater gewesen waren, noch Stunden später diese Erschütterung, wie die Zeit alles wegwäscht, alles

Schaum

Schlachtvieh

Traum

auf jeden Fall einen Atemzug näher am Tod

Emily Dickinson war nicht da

Dear Master

I am ill – but grieving more that you are ill, I make my stronger hand work long eno' to tell you – I thought perhaps you were in Heaven, and when you spoke again, it seemed quite sweet, and wonderful, and surprised me so – I wish that you were well.

I would that all I love, should be weak no more. The Violets are by my side – the Robin very near – and »Spring« – they say, Who is she – going by the door –

Indeed it is God's house – and these are gates of Heaven, and to and fro, the angels go, with their sweet postillions – I wish that I were great, like Mr – Michael Angelo, and could paint for you. You ask me what my flowers said – then they were disobedient – I gave them messages – They said what the lips in the West, say, when the sun goes down, and so says the Dawn –

Listen again, Master – I did not tell you that today had been the Sabbath Day.

Each Sabbath on the sea, makes me count the Sabbaths, till we meet on shore – and whether the hills will look as blue as the sailors say – I cannot stay any longer tonight, for this pain denies me –

How strong when weak to recollect, and easy, quite, to love. Will you tell me, please to tell me, soon as you are well –

ob dein Fett zu Fettwachs wird oder nicht, hängt wesentlich davon ab, wo sich dein Leichnam befindet, günstig sind feuchte Umgebung und Kälte

Seen, Flüsse, Brunnen, Meer, klamme Gräber, dein Sarg, der in Grundwasser liegt oder in einer Erdschicht, in der es Grundwasser gibt, das Wasser, das deine Leiche ohnehin enthält, kann allerdings auch genügen

je höher der Fettanteil einer Körperregion, desto wahrscheinlicher die Fettwachsbildung, deine Wangen, deine Augenhöhlen, dein Brustkorb, deine Bauchdecke, dein Gesäß

Abbildung 38, Fettwachsbildung am Bein, das Weichgewebe der Oberschenkel wurde zu harten Fettwachsschalen umgewandelt, die Oberschenkelknochen hängen lose heraus

Abbildung 39, Saponifikation des Kopfes, man beachte die vereinzelten, im Fettwachs steckenden Zähne

Fleischklumpen, der, in einen heißen Topf geworfen, rasch verbrennt

Luftblase, die sich bei Regen auf der Wasseroberfläche bildet, bald zerplatzt

Berge, wolkenhoch, aus jeder Himmelsrichtung heranna-
hend, alles zermalmend

dann nickte die Standesbeamtin B kurz zu, und das war das Zeichen, B sollte nun anfangen, den zweiten Song zu spielen, als wir in das Trauzimmer gekommen waren, hatte er *Fields of Gold* gespielt, jetzt also der zweite Song, wir hatten es halb ironisch, halb ernst gemeint, aber spätestens jetzt war alle Ironie verflogen, und B fing an zu spielen, mit seiner tiefroten E-Gitarre, neben dem Stuhl, auf dem er saß, der kleine Verstärker, den er mitgebracht, die Treppen bis zum Trauzimmer hochgetragen hatte, und wir hörten die ersten Töne, Eros Ramazzotti, *Più bella cosa*, Fingerstyle, eine Minute durfte er spielen, nicht mehr

und wir standen auf, standen von unseren mit rotem Samt bezogenen Stühlen auf, und die Standesbeamtin wies H an, uns zu folgen, H, eine Freundin von dir, ist Fotografin, du hattest sie gefragt, ob sie für uns Fotos machen würde, ob sie wollte, und wenn ja, ob sie auch Zeit hätte am Tag unserer Trauung, und wenn ja, wie viel es kosten würde, und sie wollte, und sie hatte Zeit, und das Honorar war so, dass es für H passte und wir es bezahlen konnten, weniger, als sie sonst berechnet hätte, aber im Rahmen, und so hatten wir sie engagiert, denn dass es alles viel sein würde an diesem Tag, das hatten wir geahnt, wie viel, war uns nicht klar gewesen, wie auch, so viele Eindrücke, der Raum, die ganze Zeremonie, alles, und so vieles, was wir gar nicht mitbekamen, erst auf den Fotos sahen, zum Beispiel die Gesichter unserer Eltern, meiner Geschwister, wie sie sich freuten, als wir uns küssten, wir hatten gewusst, dass wir Fotos wollten, für später

und H folgte uns, wir gingen langsam in Richtung Tür, B spielte weiter, wir gingen weiter in Richtung Tür, langsam immer weiter in Richtung Tür mit B hatte ich vor etwa zwanzig Jahren komplette Nachmittage im Proberaum verbracht, im Keller meines Elternhauses, wir waren sechzehn, siebzehn, achtzehn Jahre alt, zeitweise hatten B und ich drei Bands zusammen, eine Funk-Rock-Pop-Band, mit einer Sängerin, die von einem auf den anderen Tag nicht mehr zur Probe kam, unsere Anrufe ignorierte, bis sie doch einmal abnahm und sagte, sie habe keine Zeit mehr, sorry, eine Jazzband, mit der wir auf Open Mics, Schulfesten und, zum Sonntagsfrühstück, im Café von Bs Eltern spielten, außerdem eine Band, mit der wir, mein Vater, B, sein Bruder, der Bass spielte, und ich, die Jamsessions eröffneten, die mein Vater einmal pro Monat in der Kleinstadt veranstaltete, in der wir aufgewachsen waren, B wurde schließlich Musiker, Gitarrist, ich fing an zu schreiben

wir gingen weiter in Richtung Tür, du in deinem Kleid, das kein Brautkleid, das nicht weiß, sondern sandfarben war, du hattest auf gar keinen Fall ein Brautkleid haben wollen, schon aus Prinzip nicht, außerdem wolltest du das Kleid auch später noch mal tragen können, ich in meinem Jackett, secondhand, von *Yves Saint Laurent*, das wir zusammen in Paris gefunden hatten, in einem Pop-up-Store, zufällig, nachdem wir zuerst erfolglos durch die Straßen und durch die Hitze geirrt waren, wir gingen weiter in Richtung Tür, Fotos wurden gemacht, alle waren da, alle waren mit uns da, sahen uns an, waren uns zugetan, wir gingen weiter in Richtung Tür, hielten uns an den Händen und gingen langsam weiter, und B spielte weiter, Eros Ramazzotti, *Più bella cosa*, Fingerstyle, und die Überraschung, die die Standesbeamtin nun aus dem Hut zauberte, hatte sie damit vorbereitet, dass sie zunächst auf die Geschichte des Trauzimmers verwiesen hatte, jedes Trauzimmer habe ja so seine Besonderheit, hatte sie gesagt, und dieses Trauzimmer habe eine besondere Türklinke, dort stehe ein guter Wunsch, den ich leider vergessen habe, so etwas wie »für immer vereint«, ich muss es auf den Fotos, sobald sie da sind, nachsehen, und als wir an der Türklinke angelangt waren, ließ B den Song langsam ausklingen, und die Standesbeamtin wies H an, jetzt loszufotografieren, den Moment festzuhalten, in dem wir gemeinsam, meine Hand auf deiner, umgekehrt verstieße es wohl gegen das Protokoll, in unser neues Leben gingen, für immer vereint, und H stand hinter uns, Zoom auf unsere Hände, klick, wir drückten die Türklinke nach unten, klick, klick, und wir gingen durch die Tür, ins Vorzimmer, zwei Mitarbeiterinnen standen dort und beglückwünschten uns, und vor dem Vorzimmer stand schon die nächste Hochzeitsgesellschaft, sie standen da, als wollten sie uns gratulieren, etwa zwanzig Personen, aber es war ja ihre Hochzeit, nach unserer war ihre Hochzeit dran, immer weiter, 20-Minuten-Takt

2020

der Schwarzblaue Ölkäfer
(Meloe proscarabaeus)
ist Insekt des Jahres

kommt es weder zu Mumifizierung noch zu Fettwachsbildung, verfaulst du so lange, bis dieses hochgradig feuchte Zerfallsstadium deines Leichnams (Fäulnisflüssigkeit, Fäulnisblasen, Verflüssigung von Körpergewebe) gleitend übergeht in die trockene Phase der Verwesung

Pilze besiedeln deinen Leichnam, Fäulnisbakterien werden von Verwesungsbakterien verdrängt

jene Weichteilreste deines Körpers, die noch nicht verfault oder von Tieren gefressen worden sind (Haut, Muskeln, Fett, Sehnen, Bänder etc.), werden pulverig, zundrig, bröcklig, torfig und zerfallen

Abbildung 40, Verwesung mit Pilzbefall im Gesicht und am Hals

Abbildung 41, fortgeschrittene Verwesung mit schneeweißem Pilzbefall der Haut

stechender, muffiger Geruch
das bist du

dann gingen wir nach unten, mit den anderen, wir gingen aus dem ersten Stock nach unten, die breite, steinerne Treppe hinunter, und wir stießen die nächste Tür auf, die Flügeltür, die ins Freie führte, ins Sonnenlicht, ein heller Tag, kaum Wolken, Frühherbst, kurz nach Mittag, und irgendwann waren alle draußen und beglückwünschten uns, deine Eltern, meine Eltern, meine Großmutter, meine Schwester, der älteste meiner Brüder, seine Freundin, der mittlere meiner Brüder, seine Freundin, der jüngste meiner Brüder, seine Freundin, mein Patenonkel, deine Trauzeugin, ihr Mann, ihr gemeinsamer Sohn, mein Trauzeuge, seine Frau, ihre gemeinsame Tochter, und wie klein sie sind, dachte ich, die beiden Kinder, fünf und sechs Jahre alt

und mein Patenonkel umarmte mich, er war jetzt fünfundsechzig Jahre alt, er sah schön aus, weiße kurze Haare, Brille, nicht dick, nicht dürr, etwa einen Kopf kleiner als ich, wir kennen uns seit meiner frühen Kindheit, mein Vater und er haben sich während des Studiums angefreundet

einmal, ich bin sechs Jahre alt und habe auf seiner Ausziehcouch geschlafen, verbringen wir den Morgen zusammen, mein Patenonkel und ich, er kitzelt mich, hebt mich hoch, setzt mich ab, hebt mich wieder hoch, dann springe ich auf der Couch, die mit rotem Stoff überzogen ist, hin und her, und um ihn herum, hin und her, und um ihn herum, hinter dem Fenster der Vormittagsverkehr, Essen, Anfang der neunziger Jahre, dann liest mein Patenonkel mir etwas vor, er sitzt, die Beine auf die ausgeklappte Liegefläche der Couch gestreckt, der Rücken lehnt an einem der Kissen, ich lehne an seinem Brustkorb, mit der einen Hand hält mein Patenonkel den Comic, ein *Lustiges Taschen-*

buch, aus dem er mir vorliest, mit der anderen umarmt er mich, so wie er mich jetzt umarmte, nur ist das dreißig Jahre her, und ich dachte, vielleicht ist dies mein letzter Atemzug, hier vor dem Standesamt Schöneberg-Tempelhof, in den Armen meines Patenonkels, und ich dachte, auf jeden Fall einen Atemzug näher am Tod

und die Sonne schien, und all die anderen warteten darauf, uns ebenfalls zu beglückwünschen, uns zu umarmen, uns auf die Schulter zu klopfen, und da kamen sie auch schon

jene Frau, die alle Menschen, die sie näher kennen, überlebt und im Alter von einhundertsechs Jahren in einem Altenheim stirbt, 2013, 20. August

jene Zwillinge, Schwester und Bruder, die im sechsten Schwangerschaftsmonat zur Welt kommen und, noch zu schwach, eineinhalb und elf Stunden nach der Geburt versterben

E war nicht da, würde sie noch in Berlin wohnen und nicht in der Schweiz, wir hätten sie sicher eingeladen, und sie wäre sicher gekommen, du lerntest sie kennen, als sie gerade für ein Jahr in Berlin lebte, erst wart ihr Tandempartnerinnen, Französisch–Deutsch, dann Freundinnen, einmal lud sie uns beide zu sich ein, in ihr Atelier, machte uns Tee und Matcha-Eis, einmal schenkte sie uns ein Fläschchen Absinth, das immer noch in unserem Kühlschrank steht, dann zog sie weg

und dann sehe ich sie in einem Gewürzladen in Marseille, wir waren gerade im Urlaub, und da war sie auf einmal, hinter einem Sack Pfeffer oder Nelken, wir sahen einander an, lachten, umarmten uns, dann kamst du, ihr lachtet, umarmtet euch, lange

dann tranken wir zusammen einen Minztee mit Pinienkernen, in einem Café am alten Hafen, vor uns Segel, Masten, die flachen Wellen des Hafenbeckens

irgendwann (es kommt darauf an) ist dein Leichnam vollständig skelettiert

Abbildung 42, fortgeschrittene Skelettierung des Schädels nach einer Woche Liegezeit im Wald (Sommer)

jetzt, während einer der ersten Male, die ich zum Einführungskurs komme, erklärt uns W, wie Gehmeditation funktioniert

so wie J und W sie praktizieren, in der Vipassanā-Tradition, ist Gehmeditation eine extrem verlangsamte Form des Gehens, die Bewegung, sagt W, besteht aus drei Teilen, die mit hoher Sorgfalt und Präzision ausgeführt werden, zunächst das langsame Heben des Fußes, bei dem ich in Gedanken »Heben« sage, dann wird der Fuß langsam in der Luft nach vorn geschoben (»bewegen«), dann langsam abgesetzt (»berühren«), und während dieser drei Phasen eines Schritts gilt es, die Empfindungen, welche die jeweilige Bewegung im Körper auslöst, möglichst genau wahrzunehmen, denn gerade das Vertraute, sagt W, in diesem Fall das Gehen, ist uns oft nur scheinbar vertraut, wir achten nicht richtig darauf, spüren nicht richtig hin, und alle, die einmal versuchen, ganz genau wahrzunehmen, was es beim Gehen alles zu spüren gibt, werden merken, sagt W, dass da eine Menge größtenteils unbekannter, faszinierender Entdeckungen gemacht werden können

nachdem man auf diese Weise einen Schritt zurückgelegt hat, ist der andere Fuß an der Reihe, und so geht man einige Meter in gerader Linie nach vorn, bleibt dann einen Moment stehen und spürt in seinen Körper hinein, und falls die Achtsamkeit auf dem Weg verloren gegangen sein sollte, ist hier Gelegenheit, sich wieder zu sammeln

dann dreht man sich um und geht in gerader Linie, genauso langsam, genauso sorgfältig, wieder zurück, bis man nach einigen Metern erneut stehen bleibt, in seinen Köper hineinspürt, dann wieder umdreht etc.

als wir auf dem Gelände eines Friedrichshainer Gemeindekindergartens Gehmeditation üben, W bietet dort Meditationstage an, also etwa acht Stunden meditatives Sitzen, Gehen, Essen, werden wir zuerst von einer Gruppe Kinder beobachtet, die vor einem Mietshaus hinter dem Drahtzaun spielen, der das Gelände links begrenzt, was macht ihr da, rufen sie, aber wir, W, G und ich, reagieren nicht, was macht ihr da, was macht ihr da, wiederholen sie, aber wir schweigen, ihr seht ja aus wie Zombies, rufen sie noch, bevor sie schließlich das Interesse an uns verlieren, ins Haus zurückgehen, dann, die nächste Gehperiode, bleiben zwei Polizisten auf dem Bürgersteig neben dem Kindergarten stehen, rechts, vor dem hölzernen Gartenzaun, und sie sehen uns einen Moment zu, wie wir, ein paar Meter von der Straße entfernt, langsam auf und ab gehen, dann fragt einer von ihnen, laut, was wir hier machen würden, und ich gehe zu ihm, an der Rutsche, dem Sandkasten vorbei, bleibe vor dem Gartenzaun stehen, sage, meditieren, aha, sagt der Polizist, ja, sie wollten sich nur mal erkundigen, es sehe ja schon sehr seltsam aus wie wenn die Kleider oder der Kopf in Flammen stünden, sagt Buddha, in der zweiten Lehrrede über die Achtsamkeit auf den Tod sagt er das, Dutiyamaraṇassati-Sutta, er sagt, wie wenn die Kleider oder der Kopf in Flammen stünden

jene Frau, die im Alter von einundzwanzig Jahren beim Reiten tödlich verunglückt

unterschiedliche Verfallsformen menschlicher Überreste können auch in Kombination auftreten

Abbildung 43, Koexistenz dreier Verfallsstadien an derselben Leiche, Skelettierung des Kopfes, Fettwachsbildung der Rumpforgane, Mumifizierung der Beine, man beachte die lederartige Beschaffenheit der Haut, Körper einer dreiundneunzigjährigen Frau, die mit dem Gesicht nach unten im Freien gefunden wurde

die
Son
ne

der
Mond

die
Ster
ne

die
Ster
ne

die
Ster
ne

der
Him
mel

die
Er
de

das
Gras

jener Mann, dessen Pkw von einem fallenden Baum getroffen wird und der noch am Unfallort verstirbt, im Alter von dreiundsechzig Jahren, nahe der B4

vielleicht ist dies dein letzter Atemzug

jetzt steht ein Mann vor mir, Mitte vierzig, etwa einen Kopf kleiner als ich, vielleicht eins siebzig groß, braune, kurze Haare, hellblaues Hemd, und der Mann fragt mich, ob ich mit ihm fahren wolle, er habe meinen großen Rucksack gesehen, sagt er, ob ich trampen würde, er habe noch einen Platz frei, danke, sage ich, ja, ich bin zwanzig Jahre alt

und diesmal, an dieser Raststätte, bin ich gar nicht dazu gekommen, mehrere Menschen, auf Englisch oder in stockendem Französisch, an den Tanksäulen abzufangen und sie, einen nach dem anderen, zu fragen, ob sie mich ein Stück mitnehmen könnten, seltsam, denke ich noch, dann hieve ich meinen Rucksack in den Wagen des Manns, und der Mann schlägt den Kofferraum zu, dann fahren wir los, etwa die Hälfte des Rückwegs von Barcelona nach Dortmund habe ich schon geschafft

wir sind kurz vor Lyon, später Nachmittag, und wir fahren, reden, in einer Mischung aus Französisch und Englisch, ich verstehe nicht alles, was der Mann, der mich die nächsten Stunden mitnehmen wird, mir erzählt, aber das meiste schon, und ich genieße es, mein gebrochenes Schulfranzösisch ein wenig an ihm auszuprobieren

irgendwann erzählt er mir, dass er Polizist sei, Kommissar, zeigt mir auch das, was ein Polizeiausweis sein soll, ich nehme das erst mal so hin, gut, hat mich halt ein Polizist mitgenommen

als wir etwa zwei Stunden gefahren sind, wird es langsam dunkel, und es fängt an, stark zu regnen, das Wasser schlägt gegen die Frontscheibe, die Scheinwerfer des Manns leuchten leidlich zehn Meter weit, und der Mann sagt, dass er bei diesem Wetter lieber langsam fahre, die Scheibenwischer rucken langsam von rechts nach links, von links nach rechts, manchmal quietscht es, und so fahren wir über eine verregnete französische Autobahn, immer wieder durch tiefe Pfützen, das Wasser spritzt an den Reifen hoch, und wie es gegen die Scheiben klatscht

und dann beginnt der Mann, so scheint es jedenfalls, aus dem Nähkästchen zu plaudern, das französische Polizeisystem, was für Zustände da herrschten, besonders schlimm sei es bei allem, was mit Drogen zu tun habe, Drogenhandel sowieso, aber auch schon der Besitz von Drogen, was da für Methoden angewendet werden würden, Schlafentzug, sagt er, und Folter, sagt er, le pain total, der totale Schmerz, krass, denke ich, krass, aber sonst nicht viel mehr, denn ich bin müde und höre mehr aus Höflichkeit zu als aus Interesse, er heiße das nicht gut, sagt er weiter, gar nicht, je suis humaniste, sagt er, er sei Humanist, das würde er nicht machen, aber, na ja, trotzdem sei auch er gezwungen, mich auf Drogen zu kontrollieren, das sei eben seine Aufgabe, und ich denke, na gut, dann mach halt, ich habe nichts zu verbergen und möchte einfach nur nach Hause

es ist jetzt Nacht, vielleicht elf Uhr abends, stockdunkel, und der Mann fährt von der Autobahn ab, auf einen Parkplatz, er steigt aus, sagt, dass ich mit ihm kommen solle, und ich komme mit ihm mit

wir gehen in die metallene Kabine eines Toilettenhäuschens, dort inspiziert er meinen Rucksack, meinen Brustbeutel, mein Portemonnaie, und als er das alles durchsucht hat, sagt er, jetzt müsse ich mich ausziehen, und ich denke nicht nach, ich ziehe mich aus jetzt, sagt er, solle ich pinkeln, ich solle pinkeln, denn an meinem Urin könne man erkennen, ob ich gekifft hätte, heute oder in den letzten Tagen, und ich halte meinen Penis in das metallene Urinal, und ich sehe, wie sich die Augen des Manns plötzlich weiten, sie weiten sich in dem Moment, als ich meinen Penis in die Hand nehme und ins Urinal hebe, da weiten sich seine Augen, und ich sehe, wie er mich anstarrt, wie er meinen Penis anstarrt, und wie er dann eine silberne Digitalkamera hervorholt und Fotos macht, Fotos von meinem Penis, wie ich ihn ins Urinal hebe und zu pinkeln versuche, der Mann steht neben mir und fotografiert mich, ich bin nackt, mein ganzer Körper ist angespannt, piss, sagt der Mann, piss, piss, aber es geht nicht, und dann sagt er, masturbate, you have to, auch im Sperma könne man erkennen, ob ich Drogen genommen hätte, und als ich mich weigere, sagt er, nun, ich könne ja später immer noch pissen

dann fahren wir weiter, durch den strömenden Regen, ich auf dem Beifahrersitz, und ich schaue nach rechts, aus dem Fenster, auf die Tropfen, die, einer nach dem anderen, langsam herabrinnen, eine Alge Regen / wächst durchs Glas, habe ich einmal geschrieben, und wir fahren durch den strömenden Regen, langsam, der Mann fährt vielleicht achtzig, höchstens neunzig Stundenkilometer, die Tropfen prasseln durch das Scheinwerferlicht, die Scheibenwischer schieben sich über das Glas, manchmal dieses kurze Quietschen, der Mann schweigt, ich schweige, das Grundrauschen des Motors, und wir fahren, fahren durch die Nacht, es wird später und später, zwölf Uhr, ein Uhr, zwei Uhr, ich weiß es nicht mehr, immer später jedenfalls, irgendwann mitten in der Nacht jedenfalls, und ich weiß nicht, gar nicht, was ich machen soll, innerliches Zittern, am ganzen Körper, und ich habe mein Gesicht nach rechts gedreht, zum Fenster, meinen Kopf seitlich auf die Kopfstütze gelegt, die Augen geschlossen, ich stelle mich schlafend, der Mann fährt weiter, über eine regennasse, fast leere französische Autobahn, dann fährt er ab, von der Autobahn fährt er ab in eine Kleinstadt, Auxerre, die ich nur deswegen kenne, vom Namen, weil Borussia Dortmund einmal in der Champions League gegen AJ Auxerre gespielt und gewonnen, später sogar die Champions League gewonnen hat, da war ich elf Jahre alt, ich kenne also den Namen der Stadt, aber sonst nichts, und wir fahren in die Stadt hinein, durch den strömenden Regen, ich weiß noch, dass wir über eine Brücke fahren, eine Brücke mit Kopfsteinpflaster, die, weiß ich jetzt, über die Yonne führt, und es geht weiter über das Kopfsteinpflaster, bis wir in der Innenstadt halten, vor einer kleinen französischen Kneipe, Stühle aus dunklem Holz, warmes Licht, der Mann steigt aus, ich komme mit, ich weiß nicht, was ich machen soll, er hat ja noch alle meine Sachen

in der Kneipe bestellt der Mann sich ein Bier, er sagt, ich solle auch ein Bier trinken, ich lehne ab, aber ich solle doch unbedingt ein Bier trinken, warum denn nicht, ich lehne ab, bestelle mir einen Orangensaft, und der Saft kommt in einer kleinen Flasche und mit einem kleinen Glas, ich trinke

wir fahren weiter, wieder stelle ich mich schlafend, dann halten wir an dem nächsten Parkplatz, dem nächsten Toilettenhäuschen

und ich halte meinen Penis ins Urinal, halte meinen Penis in die metallene Schale des Urinals, der Mann sieht zu, es geht nicht, ich kann nicht pinkeln, und ab da weiß ich nicht mehr genau, was passiert, ich weiß noch, es gibt ein Waschbecken neben dem Urinal und dass der Mann sagt, ich solle meinen kleinen Finger unter den laufenden Wasserstrahl halten, das würde helfen, und das hilft auch, ich pinkle, aber was ich nicht weiß, es gibt mehrere Bilder, mehrere Bilder vor meinem inneren Auge, ich weiß nicht, hält der Mann meinen Penis, während ich pinkle oder nicht, ich denke, nein, das kann nicht sein, es kann nicht sein, dass er mich angefasst hat, nein, bestimmt nicht, aber ich weiß es nicht, ich kann es nicht sicher sagen, da ist, wenn ich daran denke, ein Brodeln in meiner Brust, das ich nicht ganz spüren kann, da komme ich nicht weiter ran

wir fahren weiter,
und der Mann sagt, ich hätte ja jetzt die erste Stufe der Demütigung hinter mir, jetzt würde er die erste Stufe geistiger Folter an mir ausprobieren, la torture du spirit, ich verstehe erst nicht, was er meint, ich frage nach, dann verstehe ich es, und dann sagt der Mann, ich solle lernen, in Situationen, in denen ich keine Kontrolle hätte, mich innerlich zu verschließen, ich solle mich gewissermaßen in einen Kokon einspinnen, in dem ich für mich die Kontrolle behalten könne, sagt er, und ich habe Angst, noch mehr Angst, aber jetzt, erst jetzt, werde ich später denken und mich für meine Willfährigkeit schämen, beschließe ich, nicht mehr mitzumachen

wir halten an der nächsten Raststätte,
der Mann öffnet die Autotür, come, sagt er und winkt mich mit der Hand zu sich heran, sieht mich an, und ich bewege mich nicht, greife nicht, wie die vorigen Male, wie ferngesteuert nach der Beifahrertür, no, sage ich, und er sagt, why, und ich sage, I don't want to

und der Mann schließt die Tür wieder, startet den Motor, fährt los, fährt weiter, wir schweigen, und dann, vielleicht eine halbe Stunde später, fährt er von der Autobahn ab, hält an einer größeren Raststätte, einer wie der, an der er mich mitgenommen hat, er sagt nichts, sieht mich nur an, zeigt mit dem Finger zur Tür, ich öffne die Tür, hole meinen Rucksack von der Rückbank, schließe die Tür, langsam, und der Mann fährt los, ohne mich noch einmal anzusehen, der Blick geht starr nach vorn, das Auto entfernt sich, und ich stehe da

an der Raststätte gibt es, etwas abseits, ein Toilettenhäuschen, außen weiß gestrichen, ringsum ein Kiesbett, dort lege ich mich hin, schlafen geht nicht, ich liege wach, den Rest der Nacht, zittere am ganzen Körper

Abbildung 44a-k, verschiedene Skelettpositionen

verschiedene Armhaltungen in gestreckter Rückenlage

a. seitlich

b. einer im Schoß und einer seitlich

c. im Schoß

d. gefaltet über Schoß

e. gefaltet über Bauch

f. gefaltet über Brust

g. einer angezogen und einer über Bauch

Körperhaltung

h. ungleichmäßig mit gekreuzten Beinen und einer Hand hinter dem Becken

i. Seitenlage

j. Bauchlage

k. Hocker

dann dachte ich, es grenzt an ein Wunder, dass ich mich jetzt von meinem Patenonkel umarmen lassen kann, von ihm, der mich seit frühster Kindheit kennt, und ich dachte, ein Wunder, ein Wunder, dass seitdem weder ihm etwas zugestoßen ist noch mir, und ich dachte, wir kennen uns schon fast mein ganzes Leben

und jene Frau, die im Alter von sechzig Jahren tot im Hausflur gefunden wird, sie liegt vor der Wohnungstür, Diagnose nach Obduktion, Herzversagen, wie bei jedem Tod

und jener Mann, der mit Mitte fünfzig plötzlich im eigenen Garten umfällt, nachts, und dort stirbt, in der Jeanstasche das tragbare Telefon

und jene Frau Ende vierzig, die Tumormasse in ihrem Bauch, als wäre sie hochschwanger, die sich aus ihrem Sessel hochdrückt (ihr Mann, der sie dabei abstützt) und plötzlich stirbt, vom Mann in den Sessel zurückgesetzt wird es grenzt an ein Wunder, sagt Ajahn Achalo, dass wir immer noch leben, in einer der geführten Meditationen, die ich mir von ihm angehört habe, sagt er das, nämlich dass es, mache man sich einmal klar, was alles passieren könne, jederzeit, an ein Wunder grenze, dass man gerade noch lebe, und je länger ich mich mit buddhistischer Sterblichkeitskontemplation beschäftige, desto mehr habe ich den Eindruck zu verstehen, was er meint

und jener Mann, der im Alter von einundvierzig Jahren auf der Arbeit ein technisches Gerät anhebt, blau anläuft, zusammenbricht und, Herzbeuteltamponade, Aortenwandriss, noch am selben Tag im Krankenhaus stirbt

und jener Mann, der kurz vor seinem dreißigsten Geburtstag an einem Kreislaufzusammenbruch in der Sauna stirbt

und jene Frau, die mit zwanzig Jahren an Gebärmutterhalskrebs erkrankt und daran stirbt

und ich dachte, es ist ein Wunder, ein Wunder, dass sie alle da sind, dass sie alle gekommen sind, ein Wunder, dass morgen noch mehr Menschen kommen, wenn wir noch einmal größer feiern würden, in der Kneipe, die wir gemietet hatten, dass dann, zum Beispiel, meine Patentante kommen würde und ihr Mann und ihr Sohn, mein bester Kindheitsfreund, A, den ich kenne, seit ich drei Jahre alt bin, über drei Jahrzehnte wir stehen auf einem größeren Felsbrocken, stehen im Wald, A und ich, in Winterjacken, mit Mützen, und sehen in die Kamera, ich bin drei Jahre alt

ich halte die Muschel eines roten Telefons ans Ohr und lache hinein, ich frage A, ob wir bald spielen und ob seine Schwester auch da sei, seine Mutter und die Flugzeuge, die großen, großen Flugzeuge, ob die da seien, und er antwortet etwas, und ich lache laut auf, mein ganzer Körper schüttelt sich vor Freude, ich bin fünf Jahre alt

und jenes zweijährige Kind, das seine Eltern sucht, dazu das Haus verlässt, erfriert

ich habe noch nie Fußball gespielt, aber heute bin ich in As Mannschaft eingestiegen, ich renne über den Aschenplatz, zum Tor, pralle Sonne, an meinen Füßen der Ball, ich bin der Schnellste, und dann stolpere ich, falle, falle und rutsche mit dem Knie über die feinkörnige, zinnoberrote Schlacke, Steingranulat, das mir die Haut aufreißt, eine Schürfwunde, und ich stehe sofort wieder auf, renne weiter, meine Füße rasen über den Platz, als wollten sie den Platz wegkratzen, ich renne in die falsche Richtung, ich bin sieben Jahre alt

und jener Fötus, der nach der Geburt nicht überleben wird und den man deshalb mit einer durch den Bauch der Schwangeren ins Herz gestoßenen Spritze tötet, sogenannter Fetozid

ich sehe nicht mehr richtig, alles ist zu weiß, die Wiese, die Büsche, das Autobahngeländer, alles blitzt, alles blendet mich, so als hätte man das Weiß in den Dingen künstlich hochgedreht, wie an einem Fernseher, fehlende Kontraste, und jetzt verschwimmen die Konturen, alle, dann kotze ich auf die Wiese, drei Mal direkt hintereinander, dann hilft A mir hoch, hakt sich bei mir unter, bringt mich in die Wohnung, ich bin fünfzehn Jahre alt

wir spielen Skat, in der Küche von As Eltern, A, D und ich, A ist der Beste, er gewinnt so gut wie immer, ich bin dreiundzwanzig Jahre alt

wir versuchen, uns mindestens einmal im Jahr, an Weihnachten, zu sehen, dann gehen wir essen, im Ruhrgebiet oder in der Kleinstadt, in der ich aufgewachsen bin, letztes Jahr, zum Beispiel, in einem indischen Restaurant an einer viel befahrenen Dortmunder Straße, ich bin sechsunddreißig Jahre alt

und dieses Jahr kommt A zu meiner Hochzeit

zwei Monate später sitzen wir zusammen in unserer Küche, du und A und ich, A ist auf Geschäftsreise in Berlin und kommt kurz vorbei

einzelner Tropfen Tau, auf der Spitze eines Grashalms, in der Sonne verdunstend jetzt schlägt J mit einem kleinen Stab auf die Klangschale, ein heller Ton erklingt, und die Schwingungen dehnen sich aus, überallhin, und wir hören es und hören auf, fünfzehn bis vierzig Menschen, langsam auf und ab zu gehen, im Saal, im Nebensaal, im Vorraum, kehren nach und nach in den Kreis zurück, zu unseren Plätzen, zu den Kissen, Bänkchen oder Stühlen, setzen oder knien uns hin, und dann bleiben wir so, für fünfundvierzig Minuten, in Stille

erst auf den Atem achten, etwas Konzentration aufbauen, dann für alles gewahr, für alles offen sein, was kommt, Körperempfindungen, Hören, Sehen, Habenwollen, Aversion, Sorge, Rastlosigkeit, Trägheit, Zweifel, liebende Güte, Mitgefühl, Mitfreude, Gleichmut etc., was eben kommt, dann, nach fünfundvierzig Minuten, noch einmal die Klangschale, drei Schläge, und dann ist die Meditation vorbei, räumen wir alles zurück an seinen Platz, verabschieden uns

und so mache ich, ein anderer Abend in der Woche, zuerst den Einführungskurs bei J und W, und dann gehe ich Woche für Woche zu ihrem Übungsabend, fahre dafür einmal durch die Stadt, und jedes Mal, wenn ich nach Hause fahre, bin ich neu begeistert, und mit der Zeit meditiere ich immer mehr, eine Dreiviertelstunde am Morgen, eine Dreiviertelstunde am Abend, das ist der Anspruch, den ich, mit eiserner Disziplin, auch oft erfülle, nicht der Anspruch von J und W, es ist mein Anspruch, ich habe ihn aus Büchern, die ich gelesen habe, Büchern über Meditation und Buddhismus, ich lese so viel, wie ich kann, verschiedene Formen der Meditation, buddhistische Psychologie, Kosmologie, Geschichte des Buddhismus, verschiedene Traditionen, früher Buddhismus, Theravāda, Mahayana, Zen etc., aber wie viel ist genug? sollte es nicht mehr sein?

und ich mache einen Retreat pro Jahr, sechs Tage, zehn Tage, dreißig Tage, aber sollte es nicht mehr sein? denn wenn man es ernst nimmt, und so spiegeln es mir auch andere Meditierende, die ich kennenlerne, wenn man es ernst nimmt, ist das Anliegen buddhistischer Achtsamkeitsmeditation total, es ist ein allumfassendes, jeden Aspekt des Lebens durchdringendes Projekt, dem alles unterzuordnen ist, denn es geht doch um Befreiung, um Befreiung, zum Beispiel, von Alter, Krankheit, Tod, nicht in dem Sinn, dass ich nicht mehr altern, nicht mehr krank werden, nicht mehr sterben würde, aber in dem Sinn, dass ich gleichmütig, ohne Angst damit umgehen kann, die Grundprobleme der menschlichen Existenz sollen dauerhaft, nicht nur momentweise, gelöst werden, was gäbe es Wichtigeres? und warum Meditation, die konsequente Schulung des eigenen Geistes dazu der einzig mögliche Weg ist, wird so überzeugend begründet, dass dem doch gar nicht widersprochen werden kann, denn stimmt es nicht, dass alles vergänglich und damit letztlich unbefriedigend ist, dukkha? alles ist dukkha, sagen die Lehrreden, da ist nichts, was mich dauerhaft zufriedenstellen könnte, sagt Bhikkhu Anālayo, und wenn alles dukkha und das Problem ist, dass wir das nicht gleichmütig akzeptieren können, sondern alles irgendwie hinkriegen wollen, so, dass es endlich passt, was aber nie passieren wird, da sich ständig alles von Neuem auflöst, entsteht und wieder auflöst, und wenn es aber einen Weg zur Befreiung gibt, zur Befreiung von dukkha, den edlen achtfachen Pfad, sammā diṭṭhi, rechte Einsicht, sammā sankappa, rechte Absicht, sammā vācā, rechte Rede, sammā kammanta, rechtes Handeln, sammā ājīva, rechter Lebenserwerb, sammā vāyāma, rechte Anstrengung, sammā sati, rechte Achtsamkeit, sammā samādhi, rechte Sammlung, wenn es also einen Weg zur Befreiung gibt und wenn ich mich wirklich befreien wollte, müsste ich diesem Weg dann nicht alles unterordnen? diese ganzen Dinge, die ich sonst tue, sie sind doch so viel weniger wert? nichts, das bleibt, nichts, was ich mitnehmen kann, ich habe doch nur meine Praxis, das sagen doch alle, J und W nicht, ja, aber die praktizieren ja auch eine Mischform aus Buddhismus und Christentum, die haben das ja für sich angepasst, sonst sagen es doch alle, und also kann es doch nicht sein, dass ich, wenn ich nur ein Leben und die Gelegenheit und die Motivation zu üben habe, dass ich mich dann überhaupt noch anderen Dingen zuwende? ist der ganze Rest nicht nur Ablenkung?

die Terror Management Theory, ein Forschungszweig innerhalb der Sozial- und Evolutionspsychologie, beschreibt es so

wie in allen anderen Tieren steckt auch in uns Menschen ein meist unhintergehbarer Überlebensinstinkt, grundsätzlich akzeptable Lebensumstände vorausgesetzt, wollen die wenigsten von uns sterben

zu wissen, dass man trotz eines unbedingten Überlebenswillens letztlich sterben wird, dass man, genau genommen, jederzeit sterben könnte, erzeugt eine enorme existenzielle Angst

um »normal« leben zu können, muss diese Angst verdrängt werden

Menschen wenden dazu, so die Terror Management Theory, zwei grundlegende und grundlegend irrationale Strategien an, not me, not now

das eine ist, die eigene Sterblichkeit unterbewusst zu leugnen, die anderen ja, die anderen werden, zum Beispiel, plötzlich krank oder überfahren, ich nicht (»not me«)

das andere ist, den eigenen Tod in eine möglichst ferne Zukunft zu projizieren, irgendwann, ja, aber jetzt nicht, ich habe noch Zeit (»not now«)

nebenbei bemerkt

aus Sicht der Terror Management Theory ist die grundlegende Todesangst, die wir alle teilen, eine experimentell vielfach bestätigte Ursache dafür, dass Menschen an den innerhalb ihrer Kultur dominierenden Werten und Normen besonders stark festhalten

ein Beispiel

Richter, die man zuvor Fragen zu ihrem Tod beantworten ließ und so an die eigene Sterblichkeit erinnerte, verhängten im Rahmen einer simulierten Urteilsfindung im Schnitt mehr als neunmal höhere Strafen für Sexarbeiterinnen als die Richter der Kontrollgruppe

der Schluss liegt nahe, dass hier nicht lediglich geltendes Recht angewandt wurde, sondern dass die Verletzung einer von den Richtern geteilten Norm, nach der Sexarbeit als moralisch verwerflich zu verurteilen ist, umso bedrohlicher erfahren wurde (und daher auch umso schärfer geahndet werden musste), je bewusster ihnen ihre eigene Sterblichkeit war

wenn man schon selbst nicht überlebt, so trägt man immerhin zum Erhalt der eigenen Kultur bei

neben der Tatsache, dass man so Anteil an etwas »Größerem« hat und damit auch nach dem eigenen Tod auf überindividuelle Weise fortbesteht, verspricht ein solches Verhalten vor allem eins

Sicherheit

das beruhigende Gefühl, dass man es schon »richtig« macht

dann ließen wir uns, vor dem Standesamt, umarmen, von allen, sie waren alle da, und ich war ganz weich, so weich, ich hatte das Gefühl, mich an den Rändern aufzulösen, da war eine große Verbundenheit, eine große Wärme in meinem Körper, und die Wärme strahlte nach außen, Verbundenheit zuallererst mit dir, aber auch mit allen anderen, die da waren, sie waren alle gekommen, sie waren alle da, und die, die noch nicht da waren, noch nicht gekommen waren, noch nicht kommen konnten, würden morgen kommen, zur großen Feier

sie waren alle da

sind auch deine letzten Bänder und Sehnen verschwunden, gibt es nichts mehr, was deine Gelenke zusammenhält, deine Knochen können sich nun ungehindert in der Umgebung verteilen, zerstreuen

Abbildung 45, Grabungsbefund aus der neolithischen Totenhütte von Odagsen, von wenigen Ausnahmen abgesehen (z. B. Wirbel in der Bildmitte) waren die Skelettelemente aus dem anatomischen Verband herausgelöst

sie waren alle da

und als wir zum ersten Mal miteinander sprachen, gabst du mir etwas von deinem Zwieback ab, Zwieback mit Schokoglasur, und wir lasen unsere Gedichte vor, in einer kleinen Runde, hörten uns zu

Speichelkloß, der sich mühelos ausspucken lässt

reißender Gebirgsstrom

vergilbtes Blatt

dann zerfallen deine Knochen

unterschiedlich stark, unterschiedlich schnell

es kommt darauf an

dann tanzten wir, oder wir schunkelten, zum Lieblingsschlager meiner Großmutter, es war vielleicht zwei Uhr nachts, und die meisten waren schon gegangen, hatten die zwei Räume der Kneipe, die wir gemietet hatten, schon verlassen, aber wir waren noch da, und wir tanzten, meine Mutter, meine Großmutter, meine Schwester, die Freundin des ältesten, die Freundin des mittleren, die Freundin des jüngsten meiner Brüder, B, R, du und ich, und wir hielten uns an den Schultern, tanzten auf der Stelle, in einer Art Halbkreis, und sangen lauthals mit, als Peter Alexander »Die kleine Kneipe« sang, der Tag ist vorüber, die Menschen sind müde, sang er, doch viele gehen nicht gleich nach Haus, denn drüben klingt aus einer offenen Türe, Musik auf den Gehsteig hinaus, sang er, und er sang, die kleine Kneipe in unserer Straße, da, wo das Leben noch lebenswert ist

und B und B waren noch da, unsere DJs, Freunde, die uns Bescheid gegeben hatten, dass sie nun ein besonderes Lied für meine Großmutter, Mutter meiner Mutter, spielen würden, und so schunkelten wir im bunt fluoreszierenden Diskokugellicht, sangen, so laut wir konnten, »Die kleine Kneipe«, für meine vierundachtzigjährige Großmutter, die auch angereist war, die den ganzen Weg auf sich genommen hatte und später mit meinen Eltern und meinem Patenonkel, der derart schnarchte, dass an Schlaf nicht zu denken war, in einem kleinen Mehrbettzimmer übernachten würde, und wir tanzten, alle, und sangen für uns, vor den zwei aneinandergerückten Tischen, auf denen die Reste des Buffets standen, fast alle hatten etwas mitgebracht, und E, die ich auf einem meiner ersten Retreats kennengelernt hatte, hatte Schilder für die einzelnen Kuchen, Salate, Brotsorten, Nachtische etc. gemacht, wir tanzten neben den Tischen und Stühlen, die am Rand des Raums standen, neben den zur Seite gerückten Stehtischen, vor dem Mikrofonständer bei der Tür, auf dem, zur Seite geklappt, die Bluetooth-Kopfhörer hingen, wir hatten die Tanzfläche mit ihnen eröffnet, silent disco, denn über uns befand sich ein kleines Kino, in dem noch Filme liefen, wir wollten sie nicht stören, und so klapperten, hatte man keine Musik auf den Ohren, zwei Stunden lang nur die Schritte der Tanzenden über die Dielen, irgendwann schalteten B und B dann die Boxen an

es war ein einziger Rausch, von zwei Uhr nachmittags bis etwa drei Uhr nachts, so viele liebe, nahe Menschen, Menschen, die mit uns in der Stadt wohnten oder eigens angereist waren, und alle hatten etwas vorbereitet, etwas zu essen, Live-Musik, Lesungen, Spiele, das Gästebuch, in das sie uns liebe Wünsche schrieben, S kam aus Kiel, L aus Brüssel, R kam aus Österreich, W, meine Patentante, O, ihr Mann, A und seine Freundin kamen aus Dortmund, und dieser Moment, in dem ich mit meiner Patentante tanzte, sie umarmte mich, sagte, wie froh es sie mache, hier zu sein, mittlerweile sehen wir einander höchstens ein, zwei Mal im Jahr, wir leben zu weit voneinander entfernt, es ist zu viel los, und O, mit dem ich draußen stand, bei den spielenden Kindern, Eltern, Rauchenden, Trinkenden, und der mir sagte, dass ich immer zur Familie gehören werde, immer, jahrelang hatte mein Vater, wenn er arbeiten musste, mich zu ihm und W und A gebracht, einmal, ich bin fünf Jahre alt, weine ich so laut, als mein Vater mich zu ihnen bringt, zur Wohnungstür im obersten Stock, dass es durch das ganze Treppenhaus hallt, ich weine, dass er nicht gehen soll, und mein Vater steht wie festgewachsen an der Tür, ich an seiner Hand, aber er muss los, und O sagt, nun geh schon, mach dir keine Sorgen, dann nimmt er mich hoch, und mein Vater geht, geht durchs Treppenhaus auf die Straße, steigt ins Auto, zwei Minuten später bin ich bei A im Zimmer, und alles ist wieder gut, alles ist gut, und jetzt waren sie da, sie waren alle da, und meine Brüder und meine Großmutter und mein Patenonkel und deine Eltern und G, mit dem ich vor über zehn Jahren für einige Monate zusammengewohnt hatte, und auch wenn wir uns nicht mehr allzu oft sehen, wir kennen uns noch immer, und B, die ich vor ähnlich langer Zeit kennenlernte, dann verloren wir uns aus den Augen, trafen uns zufällig wieder, und jetzt war sie hier, und M, mit dem ich so oft zu J und W gehe, und J und W, und all die anderen, all die anderen

und so viele waren es, dass ich vollkommen überwältigt war, und so viele waren es, dass ich mich kaum eine Minute allein irgendwo hinsetzen und während der ganzen Feier nur einmal, es kommt mir vor, als wäre dies die einzige Pause gewesen, in Ruhe etwas vom Buffet essen konnte, aber das war nicht schlimm, denn ich freute mich so, dass sie alle da waren, dass sie für uns da waren, für dich und mich

und alle sagten, wie schön es sei, was für eine schöne Feier, dass alles stimme, toller Ort, tolles Essen, tolle Musik, tolle Lesungen, tolle Gäste, so freundlich, zugewandt, froh, alle gaben aufeinander acht, und es gab nichts, was fehlte, alle hatten genug zu essen und zu trinken, und alle hatten genug Platz, wir hatten uns noch Sorgen gemacht, dass es nicht reichen würde, wir hatten ja nur den einen Raum mit den Tischen und den anderen mit dem Buffet und der Tanzfläche gemietet, und wir wussten vorher nicht, ob man auch nach draußen, auf den Hof gehen könnte, ob das Wetter mitspielen würde, und so befürchteten wir, als wir immer mehr Zusagen bekamen, dass es vielleicht nicht reichen würde, aber es reichte, es war überhaupt kein Problem, die beiden Räume passten, und auf den Hof konnte man auch gehen

und dann sang P uns zwei Lieder, Liebeslieder, die B auf der Gitarre begleitete und die P mit einer kurzen Rede eingeleitet hatte, es ging um die Gleichwertigkeit aller Beziehungsformen, mono- wie polygamer, freundschaftlicher wie romantischer, darum dass, zweite Person Plural, mit dem Personalpronomen »you« im Song »Close to You« von den Carpenters alle gemeint seien, alle, alle, niemand sollte sich ausgeschlossen fühlen, und wir nickten, hatten uns auch im Vorfeld genau darum gesorgt, hatten darüber geredet, dass wir das ja alles ziemlich traditionell, vielleicht zu traditionell angingen, überhaupt heirateten, die Ehe an sich, ist das nicht eine zutiefst patriarchale Institution, und würden wir dann nicht auch noch dabei mitmachen, so macht man es, so gehört es sich, zumindest dort, wo wir aufgewachsen waren, und doch, fanden wir, und doch, und so war es gut, fanden wir, dass es immerhin diese Rede gab, und P machte es gut, sehr gut, aber nicht alle im Publikum, das war zu sehen, konnten damit etwas anfangen, genauso wie mit der Rede meines Vaters und seinem kurzen Konzert nicht alle etwas anfangen konnten, eigentlich sind es doch die Kinder, die pubertieren, das war ja vollkommen surreal, sagte mir T, als sie ging, T und mein Vater sind etwa gleich alt, T, die seit so vielen Jahren schreibt, trotz aller damit verbundenen Widrigkeiten, ein Vorbild

und als B und B nach dem Essen die Musik hochdrehten, tanztest du den ganzen Abend, du tanztest mit Kopfhörern oder ohne, du tanztest einfach, stundenlang, und als mein Patenonkel uns beide aufforderte, zusammen zu unserem Lied zu tanzen, vor all den anderen, und ich dann auf dich zukam, da tanzten wir, du und ich, wir tanzten und um uns all die anderen, die uns zusahen, zujubelten, und wie du das erst nicht mitbekamst, du hattest noch Kopfhörer auf, warst ganz in das Lied versunken, sangst mit, so laut du konntest, sahst dann auf einmal zur Seite, zu den anderen, oh, sagtest du, legtest kurz die Hand auf den Mund, lachtest, und dann machtest du einfach weiter, tanztest einfach weiter und ich mit dir

Sonne, Frost, Wind, Nässe, Bodendruck

und so weiter, dein Skelett verwittert

Knochenrisse

die Oberfläche, wie sie abblättert, Stück für Stück, schließlich vollständig

Knochensplitter, größere, kleinere, winzige

vielleicht verwitterst, zerfällst du ganz

Abbildung 46, durch Frostschäden aufgesprengter Kompaktaknochen

Abbildung 47, an diesem, im Wald gefundenen Skelett sind starke Verwitterungsschäden zu erkennen, man beachte die Fragmentierung von Rippenkorb und Schädel

Abbildung 48, starke Schäden am Leichnam durch Grundwasser und grobe Kiesverfüllung, nur der Hirnschädel, der zufällig auf einem Stein lag, ist gut erhalten, Mittelalter

Abbildung 49, Zahnkronen als letzte Überreste eines menschlichen Skelettes, römerzeitlich

und als ich dich sah, wie du mir im Supermarkt entgegen-, dann, in einem der Gänge, an mir vorbeigingst, wir kannten uns noch nicht, und ich dachte, mit ihr wäre ich gern zusammen

vielleicht ist dies dein letzter Atemzug

jetzt sehe ich, gegen Ende meines ersten Retreats, vorletzter Tag, ich habe fünf Tage beinahe ununterbrochen geschwiegen und nichts anderes getan, als zu meditieren, im Sitzen, Gehen, beim Essen, Duschen, Tischabräumen etc., bei der ersten Gruppenbesprechung kommt so, als ich zum ersten Mal seit Tagen meine Stimme benutzen soll, auch nur ein Krächzen aus mir raus, dann geht es, und jetzt sehe ich, mit geschlossenen Augen auf meinem Stuhl sitzend, einen Gedanken, wie er sich vor meinem geistigen Auge bildet, ich sehe nicht den Inhalt, nur die Form, es ist, als würde auf einmal ein Ast in meinem Geist wachsen und sich in hoher Geschwindigkeit immer weiter verzweigen, dann löst der Gedanke sich schlagartig wieder auf, ein neuer entsteht

und dann kippt eine Teilnehmerin von ihrem Stuhl, wahrscheinlich hat sich ihr Oberkörper erst langsam nach vorn geneigt, Müdigkeit, und dann ist sie gefallen, eine ältere Frau, Ende sechzig, Anfang siebzig, die auch zum ersten Mal auf einem Retreat ist und sichtlich Probleme damit hat, mehrere Tage nicht zu sprechen, es setzt ihr zu, als ich ihren Körper dumpf auf dem Boden der Meditationshalle aufschlagen höre, öffne ich die Augen, sehe nach rechts, in Richtung Fenster, mehrere Menschen, die bei ihr stehen, ihr aufhelfen, ich schließe die Augen wieder

auf jeden Fall einen Atemzug näher am Tod

vielleicht bist du gerade spazieren gegangen, und während du durch den Kiez gehst, rutsche ich beim Duschen aus, knalle mit dem Schädel auf das Emaille der Badewanne, breche mir das Genick

so oder so ähnlich

habe ich es bei Ajahn Achalo gehört, in einer der Sterblichkeitskontemplationen, maraṇasati, die er auf seiner Homepage zur Verfügung gestellt hat, unterschiedliche Szenarien des plötzlichen Versterbens, friedlich einschlafen, Krebs im Endstadium, überfahren, erschossen werden, dann kommst du nach Hause, in die Wohnung zurück, zwanzig bis dreißig Minuten später, und du rufst nach mir, und ich antworte nicht, und du gehst ins Bad und siehst mich in der Badewanne liegen und schreist, schreist, du siehst auf meinen nackten Leichnam und schreist, mein Körper liegt rücklings in der Wanne, die Dusche läuft, das heiße Wasser im Boiler ist leer, das Wasser, das auf meine Leiche strömt, ist kalt, aber das spüre ich nicht mehr, du schreist und siehst auf meinen nackten Leichnam, an den Beinrückseiten, unten an den Waden, Oberschenkeln, haben sich Blutansammlungen gebildet, kleine, hellrötliche Flecke, Totenflecke, du schreist, du schreist, dann wirfst du dich auf den Boden, auf den kreisrunden, hellblauen Badvorleger, der bei uns auf dem Laminat liegt, wirfst dich auf die Stoppeln des Badvorlegers, schreist

2023

das Geneigte Spiralzahnmoos
(Tortella inclinata)
ist Moos des Jahres

vielleicht wirst du von Pflanzen befallen

Wurzeln, die saure Substanzen ausscheiden, deine Knochen, die dadurch an der Oberfläche lädiert werden, stark verästelte, wie eingeritzte Muster, mal hell, mal dunkel

Wurzeln können auch ganze Skelettelemente durchbohren, zum Beispiel deine

Abbildung 50, Wurzelverätzungen auf der Knochenoberfläche

Abbildung 51, leichter Moosbewuchs auf der Epiphyse eines Oberschenkelknochens

Abbildung 52, Schäden durch Pflanzenbewuchs, Infiltrierung der Spongiosa mit Aufsprengung des gesamten Knochens

Abbildung 53, erdbedeckter Zahn mit eingewachsener Pflanzenwurzel

dann war auf einmal alles vorbei, alle waren gegangen, wir standen vor der Kneipe, vor dem Eingang, dem Fenster, das sich, von Seite zu Seite, fast über die ganze Fassade erstreckte und hinter dem sich der Schankraum befand, jener Raum, in dem während der Feier der übliche Kneipenbetrieb weiterbetrieben worden war, fünf, sechs Gäste waren noch da, man unterhielt sich, über den Tresen, über die Tische hinweg, schien sich zu kennen

vor etwa einer Viertelstunde hatte ich dem Wirt, auf einem großen weißen Teller, noch die übrig gebliebenen Trauben angeboten, ob er und seine Gäste vielleicht noch Trauben haben wollten, hatte ich gefragt und ihm den Teller mit dem hellgrünen Bündel hingehalten, ja, sehr gern, hatte er gesagt, hab vielen Dank, und damit gab ich ihm den Teller, und er nahm ihn entgegen, stellte ihn auf dem Tresen ab, und jetzt konnte ich, wenn ich durchs Fenster sah, die Trauben bei den Zapfhähnen stehen sehen, schon wie aus einer anderen Zeit

wir standen vor der Kneipe, um uns Laternenlicht, vor uns die große Straße, das Hintergrundrauschen der Autos, die in Richtung Autobahn oder in Richtung unserer Wohnung fuhren, der Wirt hatte uns ein Taxi gerufen, auf das wir jetzt warteten, es war kurz nach vier, und wir standen da, vor uns eine blaue IKEA-Tasche mit den ganzen Geschenken, vor allem Karten, aber auch Lebensmittel, Marmelade, Schokolade, Salz etc., und die Holztafel mit den Herzen, die meine Mutter uns geschenkt, die sie für uns organisiert hatte, meine Mutter hatte alle, die gekommen waren, zum Malen eingeladen, und so hatten alle, die wollten, auf kleinen Holzquadraten Herzen für uns gemalt und sie dann auf die Tafel geklebt, die Tafel, die jetzt hier bei uns war, in dieser riesigen Tasche, mit all den anderen Geschenken, die wir aus der Kneipe herausgetragen hatten, und neben der Tafel ein Buch, in dem Yoda den Lesenden weise Ratschläge erteilt, und neben dem Buch ein batteriebetriebener, leuchtfähiger Miniaturbuddha

es passte so gerade alles hinein, in die blaue IKEA-Tasche, die wir jetzt auf die Rückbank des Taxis hievten, und ich konnte es nicht fassen, es war so schön gewesen, und es war so lange gewesen, und es waren so viele Menschen da gewesen, nur für uns, und jetzt waren sie alle weg, dachte ich, und ich dachte, jetzt ist es einfach vorbei, vorbei und kommt nie wieder

Wandmalerei

Stadt aus Knochen, die Fassaden verputzt mit Fleisch und Blut

deine Knochensubstanz verändert sich

deine Knochen bestehen hauptsächlich aus der Calciumverbindung Hydroxylapatit, die durch chemische Prozesse zu Brushit umgewandelt wird, bei der Bildung von Brushit entstehen weiße Kristalle

da diese Kristalle weitaus größer sind als jene von Hydroxylapatit, wird die Knochenstruktur bei ihrer Entstehung aufgesprengt, auf deinen Knochen entstehen weißlich kristalline Ausblühungen

Abbildung 54, Brushit-Ausblühungen auf einem Brustwirbel aus einer barockzeitlichen Gruftbestattung

Abbildung 55, proximales Ende des Femurs mit Brushitausblühungen (weiß)

einzelne deiner Knochen können sich, vor allem bei Bestattung in einer Gruft, vollständig zu Brushit transformieren, vielleicht kristallisiert gar dein ganzes Skelett, deine Überreste sind dann teils nur noch in ihrer Kontur erkennbar, als weißliche Verfärbung

Abbildung 56, Kopfhaar einer barockzeitlichen Gruftbestattung, völlige Brushit-Umwandlung des Schädels

not me, not now

jetzt stehe ich auf den Felsen am Ufer, Muxía, Costa da Morte, Atlantik, mit meiner Cousine und zwei Mitfahrgelegenheiten bin ich in ein Dorf in den französischen Pyrenäen gefahren, von dort einmal quer durch Spanien gewandert, und jetzt bin ich hier, ich bin neunzehn Jahre alt, meine Cousine ist schon wieder nach Deutschland zurück, vorher haben wir uns feierlich versichert, dass wir uns, wenn wir beide achtzig Jahre alt sind, noch einmal zu dieser Wanderung treffen werden, ich bin gestern in Muxía angekommen, gehe morgen weiter, aber heute bleibe ich hier, auf den Felsen, den ganzen Tag, blicke auf die anbrandenden Wellen, Gischt, die in mein Gesicht sprüht, wieder trocknet, eine neue Welle, neue Gischt, und noch eine, ich mache Fotos, viele, Fotos, die ich mir später vielleicht ein, zwei Mal ansehe

oder ich stehe da und schaue alles bloß an

wolkenloser Himmel, Sonne, Sonne, Sonne

die
Son
ne

der
Mond

die
Ster
ne

die
Ster
ne

die
Ster
ne

der
Him
mel

die
Er
de

das
Gras

das
Gras

das
Gras

Brushit löst sich in Wasser, ist genug Feuchtigkeit vorhanden, verschwindet dein Skelett vollständig

dein Körper ist dann nur noch als Silhouette, als Verfärbung des Bodens, als Leichenschatten sichtbar

gelegentlich erhalten sich Zahnschmelzreste

Abbildung 57, Leichenschatten einer rechtsseitigen Hockerbestattung (4. bis 5. Jahrhundert), der Leichenschatten hebt sich hier hell von der dunkleren Grubenfüllung ab

jetzt schließe ich die Tür auf, gehe in den Flur, und da stehst du, und da küsst du mich

Abbildung 58: Doppelgrab Nr. 1423, mittelalterlicher Friedhof in Tournedos, Normandie, Frankreich, 7. bis 14. Jahrhundert, links der Mann, rechts die Frau, die rechte Hand des Manns liegt auf dem rechten Ellbogen der Frau, ihre linke Hand liegt auf dem linken Ellbogen des Manns

und jetzt blicke ich von meinem Buch auf, sehe nach oben,
ganz ruhig, ich tue nichts, außer nach oben sehen

ein Flugzeug quert den Himmel,
zieht einen Kondensstreifen hinter sich her, dann ist das Flugzeug weg

der Kondensstreifen wird langsam blau

die
Son
ne

der
Mond

die
Ster
ne

die
Ster
ne

die
Ster
ne

der
Him
mel

die
Er
de

das
Gras

das
Gras

das
Gras

das
Gras

das
Gras

das
Gras

Die Arbeit an dem Roman wurde durch das
Styria-Artist-in-Residence-Stipendium gefördert.

Umschlag: & Co graphikdesign www.und-co.at
Satz: AD
Druck: Florjančič

ISBN 978-3-99059-177-2

www.droschl.com
Literaturverlag Droschl Stenggstraße 33 A-8043 Graz